安·兰德的
非虚构写作课

THE ART OF NONFICTION
A GUIDE FOR WRITERS AND READERS

[美]安·兰德 ══ 著
熊亭玉 ══ 译

九州出版社
JIUZHOUPRESS

序　言

这本书讲的是非虚构写作的艺术，写给所有进行非虚构写作的人，也写给所有灰心丧气，但有能力写作的人。这本书的作者为大家做了一件非常有价值的事：将写作去神秘化。

人们普遍认为写作的过程神秘莫测，认为文章写得好是天生的，无法客观地定义或系统地学习。狂热的宗教教徒认为，只有那些被神启眷顾的人，才能踏上通往真理的道路；很多教写作的老师也同样宣称，只有被高深莫测的灵感闪电击中，才能写出文理通达的文章。

安·兰德拒绝接受这种观点。她认为，写作属于理性的领域，起支配作用的是理性的原则。

"就像工程学，写作也是一种技能，掌握起来难度是一样的。"她说，"就像人类的其他行为，写作也需要练习和知识的积累。写作并没有神秘之处。"既然写作本质上是一种清晰的交流思想的行为，那么，事实上这就是所有人都能胜任的事情。"只要能讲出语法正确的语言，就可以学习非虚构写作……你生活中需要的，和非虚构写作所需要的并无二致——一种有序的思考方式。"

与其他理论家不同，在分析写作的过程中，安·兰德的出发点不是作者在想什么，而是想法的来源是什么：现实的真相为何。在这一哲学问题上，安·兰德坚定不移地支持亚里士多德学派的观点，将其描述为存在之本，也就是说，世界独立于人的意识而存在，意识的功能是去理解现实，而不是去创造现实，塑造人类思想（和行动）的应该是存在的绝对性。

这就是她写作方法的前提。她驳斥了主观主义者的标准，在她看来，写作是一门客观的科学："无论是写文章还是修狗屋，遇到问题，不要站在问题**里面**找答案。不要问：**'我该怎么办？为什么我不知道？'**应该站在问题**外面**，问自己：'我想要做的这件事情，其**本质**是什么？'"从这一点出发，她继而讨论了写作的本质和相应的要求，比如，界定题材和主题的严格要求、大纲的绝对必要性。在写作的心理过程方面（比如，潜意识和显意识所扮演的不同角色），她给出的原则清楚而深刻，同时她还给出了方法论方面的建议，引导你完成目标（比如：找点子、选择题材和主题、改稿）。

对外部现实的审视重于对内心的审视，这一点引出了另一条重要的写作原则。安·兰德强烈建议作者只关注自己的作品。要做好这件事，需要做什么？怎么才能解决出现的问题，而不是审视其中所谓的个人价值？"如果你觉得写作有难度，不要因此得出自己有问题的结论。写作绝不应该是对自尊的检测。"

当然，根据神秘主义的观点，作者的自尊是悬而未决的问题。如果写作是与灵感相遇，而灵感只能靠仁慈的缪斯，那没有灵感肯定是作者不值得缪斯垂青。

这种观点最糟糕的结果就是让作者在精神上非常痛苦。如果你的意识是无本之木、无源之水，不依赖现实而存在，那么写作通往的就不是未知，而是不可知。如果没有规则可循，相当于一个人必须被动地盯着空白的稿纸或屏幕，绝望地等着缪斯前来"踩油门"，那写作的过程肯定充满了焦虑和罪恶感。这就好比要设计一台计算机，没有电子学或机械学的原理指导，只指望脑子里"灵光乍现"。

安·兰德认为，写作应该被看作一门科学，因此作家的工作从根本上与科学家的工作没有什么两样。"科学家不会一边关注自己的试验，一边关注自尊或未来的名望。（如果是这样，他很可能精神错乱，你也不太可能听说他。）他必须全神贯注于自己的试验，其他的都不能干扰他。写作也是如此，但要做到就更艰难。写作完全是思维层面的工作——在现实中，除了面前的一张白纸，什么都没有……科学家手里还有实际操作的问题，还有研究的客体，而你必须比他们还要以现实为导向。"

这不仅是把写作去神秘化，也是去痛苦化。安·兰德的方法论并不能扫除写作的所有问题，却极大地改变了写作，让它变成了可以解决的问题。我们可以用理性的原则指导写作，这一信念消除了作者的无助感，让作者从科学诞生前的野蛮状态中解脱出来，不再觉得受到不可知力量的摆布。任凭摆布的感觉总会让作者觉得手足无措，而从**原则**上说，作者必须明白，他本人掌控着自己的作品，成功并不取决于什么不可捉摸的灵感，而是脑子里可以辨认的想法。

认真对待写作的人会觉得这种方法非常有用。几年前，我读了这本书的初稿，我的写作过程变得更加容易，更加愉悦。从本书的视角出发，写作是一种可定义的活动，具有可行性，而不是让人无能为力的战斗。我在安·兰德研究所的客观主义研究中心教写作课，用了很多这本书的素材。学生给我的典型反馈差不多就是这样一句话："写作是有法可依的——这些方法行之有效！"

我最初看到的只是安·兰德口述的记录稿。根据逻辑顺序进行了大调整和融合后，这成了一本具有可读性的书。罗伯特·梅休的编辑工作功不可没。

我希望，读了这本书，那些觉得写作压抑而且痛苦的人会有获得解放的感觉。在文艺复兴时期，亚里士多德学派理性的信仰得以复兴，科学家们有了这一武器，认识到世界是他们的，他们要征服世界。安·兰德将写作的过程去神秘化，作者们有了这一武器，同样可以得到解放，文字的世界是属于他们的，他们将掌控这世界。

彼得·施瓦茨 [①]

康涅狄格州，丹伯里

[①] 彼得·施瓦茨（1949—　）著名美国记者、书评家。——译者注（本书如无特别说明，脚注皆为原书注。）

编者序 [①]

1969 年，安·兰德给十几个朋友和同事开了一门关于非虚构写作的课程。当时，她是《客观主义者》（客观主义是她开创的一门哲学）杂志的编辑。她上这门课，旨在辅导这本杂志的撰稿者，或者想要成为写作者的人。

她并没有拟定讲稿，手里只有一份简短的讲座大纲（有时晚上一讲就是三个多小时）。课堂上不只是她在讲课，还穿插着大量讨论、应学员要求的讲解、作业讨论，以及问答环节。

有人录了音。我的工作就是把录音整理成书。我先解释一下我所做的编辑工作。

[①] 本序言系美国"羽毛图书"（Plume Book）的编者罗伯特·梅休于 2001 年撰写。——译者注

删减。我不得不删掉大量的素材，但我确定，凡是与非虚构写作有重要关系的内容，都留下来了。（因为学员的提问，安・兰德时不时地谈论到哲学、政治和艺术，很精彩，她说的很多内容都非常有趣，但毫无疑问，这样的素材最终会以另外的形式出版，但不属于这本书的范畴。）我认为，凡是与非虚构写作相关的内容，除非有特别的原因，她所说的每一段话都值得收录进此书。另外，如果课堂上学员抛出一个问题，安・兰德简短地回答了，但她的答复在非虚构写作方面没有新的内容（重复，或者问题本身不具备普适性），我就会把这些内容删掉。如果两个小时都是学员与她讨论大纲或者范文，我也会删掉整段讨论的内容。但是，她在这些讨论过程中提到的重要见解或原则，我都会想办法将其融入此书中。

调整。安・兰德的讲座顺序并不完全与这本书的章节相吻合。那么，她的讲座是如何安排的呢？

一开始，她没有完整地构想过这门课要包含哪些素材，甚至没有想过需要上几次课。她也没有明确的授课顺序。第一天晚上，她对学员说："今天下午之前，我都还不确定是否要开系列讲座。最开始，我觉得，一晚上的时间就可以讲完了。嗯，我可不是无所不知，于是我就做了一份简短的大纲，列出我知道的主要话题（这还不包括你们可能会提出的问题）。我看了看，如果我们十节课可以讲完，就算不错了。"

事实上，这门课花了十六个晚上的时间，大概是两周一次的频率。

课程之初，的确有很多未定事项，但一开始，安·兰德就非常清楚这门课程的核心逻辑和框架。第一章到第八章的内容是核心。在这部分，她讲了非虚构写作的主要方面。她心中有明确的结构，我沿用了这一结构。这部分内容不需要大调整。

剩下的部分（第九章到第十二章），不是她这门课所考虑的"主要话题"。这些章节的内容是她关于非虚构写作各式问题的延伸回答——都讲得太好了，不能删掉。只是有一点，安·兰德是按照学员提问题的顺序回答的，所以我必须重排这部分的顺序。我的确把"找点子"（第十二章）放在了最后，因为她说过，这一问题最好是最后再讲。录音文字原本没有正式的总结，我就用她本人课程最后讲的故事来结尾。

考虑到她讲课时的即兴发挥，还有学员的参与，课堂上有很多题外的内容。她常常讨论之前的观点，回应学员的问题，或对相关问题做出评价。我的工作就是把这些素材整合成有逻辑的文字。因此，每个章节都有必要在一定程度上调整素材。

文字编辑。此外，我的目标是确保行文清楚和具备可读性。这就需要把安·兰德的口头表达转为书面表达，也就是浓缩她的话，删掉重复的部分。

虽然编辑的工作量相当大，但她的录音非常清楚。当然，也有不清楚的地方，或者出现空白。这种情况下，一般都无法合理猜测原来的意思，所以我就删掉。也有极少情况下，几乎可以确定她要说的意思，我就会填补必要的词语，让行文完整、清楚。

我做了很多编辑工作，但如果大量使用括号和省略号就会干扰读者。因此，只有文本并非出自安·兰德的情况，我才使用括号。比如说，她在录音中提及了三个月前讲过的内容，我就将之改为"正如我之前讨论过的（见第一章）"。

我并不是要把安·兰德说的话变成规规矩矩的文章。我只是更清楚地展现这门课，增加可读性。我认为自己完成了这一工作，对结果满意。但我要强调的是，这本书依然保留了原始录音的特质。安·兰德从来没有打算过整理出版这些讲稿。有一次，在学员的询问下，她说："讲课的时候，我有一份大纲，我的潜意识会提供更具体化的内容。如果把我的讲话录音，再转成文字记录，那只能算一份非常粗糙的初稿，但没有好到可以出版的程度。"然而，以我的判断，现在这本书已经非常好了。

如果你想了解或评判安·兰德本人文章的风格特点，请阅读她的其他作品。

我最想感谢的人是伦纳德·培可夫，感谢他让我来负责这一项目。在这一项目的初级阶段，感谢他在编辑方面给了我高超而细致的指导，感谢他最后审读了整部稿件。他教给我的编辑原则让我受益匪浅。我还要感谢彼得·施瓦茨，他为这本书写了序，还在这一项目的最后阶段给出了精湛的编辑建议。他的工作为这本书的每一页都增色不少。感谢安·兰德研究所给予的各种帮助。最后，一如既往，感谢我的妻子埃斯特尔。我在编辑过程中遇到了很多问题，感谢她帮我一一解决，还要感谢她许多其他方面的支持。

目　录

第一章　开场白

　　这门课的首要前提是：不要无故地责怪自己，这也是所有写作的前提。如果你觉得写作有难度，不要因此得出自己有问题的结论。写作绝不应该是对自尊的检测。如果事情进展得不如意，不要认为这就是你潜意识中有不可知的缺陷的证据。

　　有的东西，你不知道，绝不要因此责怪自己。当然了，如果你知道，却还犯了错，就要承担责任了。这部分是受你的意识控制的，与你改稿的仔细程度相关。

　　如果五分钟之内，你写不出才华横溢的句子，你就对自己说，这都是你的错，那你就堵塞了自己的潜意识，这会引发更多问题。写作顺利与否并不是心理是否健康的指标。（一个人过于认真，就可能有过大的雄心，如果没能轻松实现这些目标，就会责怪自己。）如果你责怪自己，无论责怪是否有缘由，都是你该和心理医生讨论的事。不管怎样，只要你坐下来写作，你必须觉得自己完美、无所不知、无所不能。

当然了，你并不是无所不知、无所不能。任何技能，如果还能称得上有趣，就不可能每一次都做得完美。因此，你应该觉得自己有能力写得很好，但写出好作品并不容易。你不应该将就——你不想成为廉价的写手，所以，无论写作需要多少付出，需要多少耐心，你都得努力。不要一遇到困难就认为自己无可救药。你必须觉得自己无所不知、无所无能，这种感觉是：你所写的东西并非样样都完美无缺，但你有能力让它呈现出你想要的模样。

现在，就来谈第二点。不同于各种艺术和美学流派，写作是可以学习的。写作并不神秘。

美术是如此，文学也是如此，复杂的框架要尽早创建，如果成年之后才开始创建框架，时间可能就不够，学习起来就很困难。从理论上讲，框架也是可以学习的，但必须通过自己钻研。因此，我倾向于认为，虚构写作，以及广义的艺术都是没法教的。技能可以教，但本质的东西是没法教的。

然而，只要能讲出语法正确的语言，就可以学习非虚构写作。非虚构写作是一种技能，学习起来并不难。唯一的难点在于人的思维方式，或者说心理-认识论[①]。你生活中需要的，和非虚构写作所需要的并无二致——一种有序的思考方式。如果你在这方面有问题，就会在生活和写作方面都受阻。写作其实就是一种技能，用**清楚明白**的语言，在纸上写出**清楚明白**的想法。其他的部分，比如说戏剧性和绚丽的文风，只是装饰品而已。

我曾经说过，虚构写作的三大要素是：**情节、情节**和**情节**。那么，非虚构写作的三大要素就是：**清楚明白、清楚明白**和**清楚明白**。

《一万条戒律》的作者哈罗德·弗莱明给我看过他的座右铭，这条座右铭来自《亨利·亚当斯的教育》："一年的收获，来自坚持，而不是放弃；来自思想的主干，而不是支线。"这句话言简意赅。一个多余的字都没有，表达得清楚明白。这个例子非常好，说明了清楚明白是写作的首要任务。第一条绝对的原则就是：清楚。什么戏剧性、文采、趣味性，都可以之后补上，清楚明白是最重要的。

没有练习，任何人都学不会写作，原因就是：太多潜

---

① 心理-认识论（Psycho-epistemology）是安·兰德创造出来的一个词，指的不是思维的内容，而是意识的方式，即一个人习惯性地用何种方式处理自己的思维。［见安·兰德《哲学：谁需要这东西》（纽约：新美利坚图书馆，1982），伦纳德·培可夫，编辑脚注］

意识的整合需要自动完成。没有人能够在完全显意识的状态下写作。无论知道多少理论，如果不练习，都无法成为好作者。所以，不要认为一开始写作就能轻轻松松。一开始，都不容易。随着你的成长，因为你会去尝试更有野心的题材，写作甚至会越来越困难。但是，从不同的角度来看，写作会变得越来越容易：每次写作，你都会学到东西，所以，每写完一篇文章，你都比开始的时候强一点。

你能写得有多好？这取决于你的框架和兴趣，以及你专注于写作的时间。但是，技能是可以学习的。这并不神秘，没有必要为之受折磨。

写作是可以学习的。特别是在你觉得自己再也不想提笔了，或者永远也不会明白写作是什么的时候，一定要记住这一点。绞尽脑汁想要有新的想法，这种时候自带一种无助感。记住，在写作中，无论你遇到什么问题，都是可以解决的。（但是，就像反省自我一样，要找到问题却不太容易。）就像工程学，写作也是一种技能，掌握起来难度是一样的。就像人类的其他行为，写作也需要练习和知识的积累。写作并没有神秘之处。

写作的秘诀是：职业化。

把写作当成职业，即使没有出版作品，也能做到专业。做其他工作，人们有相应的标准和方法，对待写作，如果也能拿出一套标准和方法，你潜意识的心理负担就会小得多，生产能力也会因之增强。

如果你不把写作看成工作，就会不可避免地怀疑自我，就会寸步难行。你每次写作都是在拷问自己。本来写作是自尊的表达，如此一来，却成了对自尊的检测。这样的情况下，你能写出两个连贯的句子都是奇迹。

从事其他职业的人自我怀疑的时候会怎么做呢？态度专业的人依然相信自己的智力。虽然遇到了困难，他并不怀疑自己的职业能力。同时，他也明白，如果想进步，就得增长知识。他不会有"升职失败，是我有问题"的那种自我怀疑，他不会这样想。

对待写作，你也必须采取这种冷静、以事实为导向的态度。在我看来，面前的这一页纸就是我的雇主。我必须把这页纸填满。这件事是否有难度？我是否卡住了？——我的感受与填满这页纸这件事无关。就好比我是汉克·雷登（《阿特拉斯耸耸肩》里的实业家）的一名雇员，我的感受不重要。如果我对汉克·雷登说"我今天无法工作，因为我自我怀疑"或"我出现了自尊危机"，他是绝对不会买账的。然而，论及写作，大多数人都是这么干的。对待写作，我一直都采用职业的态度。当然了，写一篇稿子要花多长时间，我无法保证，但我的任务就是填满那页纸。

我知道自己要谈什么，我有能力去谈。困难是什么，这与我的任务无关。困难是我自己的问题，我会解决掉。

我这门课的关注点是写文章，但我讲的很多内容同样适用于写书。文章有很多种，我关注的是"中间类型"的非虚构文章。

从抽象的理论著作，到具体的新闻报道，都是非虚构写作的范围。理论型的文章讨论新的基本原理，或者立足基本面从新的角度呈现问题（比如，伦纳德·培可夫的《分析-综合的二分法》[①]），学术期刊适合刊登这些文章；新闻纪实类的文章，不仅有理论分析，还要报道某一现象或事件，即描述某个具体的事件或形势。（比如亨利·康姆的《我感受到自由的三分钟》[②]。）

我最喜欢写介于两者之间的文章。

所谓"中间类型"的文章，就是在理论写作和新闻写作之间的，用抽象概念分析具体现象，大多数文化杂志都有这类文章。这类文章不会讲哲学理论，也不会进行具体的报道，它们认同某一理论，以此为出发点，对某一时事

---

① 收于安·兰德的《客观主义认识论导论》，第二版。（纽约：新美利坚图书馆，1990）

② 《纽约时报》，1968年10月13日。再次付梓，出现在《不可解释的心灵淬炼》一文中，与其他文章一起收入安·兰德的《原始的回归：反工业革命》，编者彼得·施瓦茨。（纽约：子午线出版社，1999）

或文化的某一方面进行分析。

两个例子：教皇保罗六世的通谕《人类生命》以及我的回应文章《论活着的死亡》①。教皇的这则通谕属于"中间类型"的文章，确切地说，应该是中高类型的文章，他运用天主教哲学和宗教的基本原则（涉及生命的神圣、上帝的意愿和女性的职责）来讨论更为具体的爱情、婚姻和节育的问题。上帝的意愿，或者说人类不应该干预自然过程的观点，属于理论；但是，在教皇的这则通谕中，这一理论被用于讨论人类在婚姻中应该如何规范行为的话题。而在我回应的文章中，我没有讲任何客观主义的新理论，我从客观主义的视角出发，讨论为什么教皇的理论是错误的。为了讨论这则通谕中提及的问题，我运用了我对人权、爱的本质和婚姻本质的看法。这就是"中间类型"的写作。

如果我要写一篇文章来评论康德，在这一过程中，我定义了某个新理论②，那这篇文章就是理论型的文章。如果我只是简单地找出康德哲学体系中的某一方面，然后根据客观主义哲学指出这一部分为何是错的，那就是中间类型的写作。

---

① 与其他文章一起收入《理性的声音：客观主义思想文集》，编者彼得·施瓦茨。（纽约：新美利坚图书馆，1989）

② 本例参见安·兰德的文章《因果关系 VS 责任》，见于《哲学：谁需要这东西》。

　　理论文章给出基础的、新的东西，这是最有价值的文章类型。但是，你不应该以此为目标。你不应该为了写作而去等待发现新东西。

　　然而，无论你写什么，写作原则和知识都是无价之宝。不是显意识的了解，就不是真正的知识。如果不是明确地了解思考和写作原则，根本就没法拿来用。也许，你在无意识的状态下就使用了这些原则（就像莫里哀戏剧中的人，他不知道自己出口成章），但是，你必须把这些原则概念化，才能掌控自如。

　　这门课程在这方面会对你有极大的帮助。这并不是说，你自动就会有写作的灵感，而是说，在需要灵感之际，你懂得该怎么找灵感。

第二章　选择题材和主题

无论是写文章还是修狗屋，遇到问题，不要站在问题里面找答案。不要问："**我该怎么办？为什么我不知道？**"应该站在问题**外面**，问自己："我想要做的这件事情，其**本质**是什么？"

文章的本质是什么？首先，请注意：你不可能一次性把所有的话说尽。无论写什么，也许是突破理念的理论著作，也许是讲某个具体事件的小文章，想要一股脑儿倒出自己知道的所有东西？不可能的。这是写作的前提，你必须完全接纳，让它成为你潜意识的一部分，让它自动运行。要明白这一点，你可以问一问自己，你今天知道的东西，是否全都是你之前就知道的。显然，答案是否定的。知识是一点一点累加的。

好老师明白，不可能一次性把所有东西都教给学员。这就是为什么四年的学习过程被分为几个学期，每个学期又由若干课堂和讲座构成。但是，说到写作的时候，人们就忘记了这一原则。针对某个题材，他们总想把自己知道的东西全部塞进一篇文章。要知道写一套书也不能达到这个目标。每一种知识都与另一种相关，而现实只有一个，如果你想穷尽某个题材，就要成为无所不知的学者。比如说，一开始，你的文章谈的是纽约的剧场，到了最后，你的文章要涵盖科学、认识论、形而上学、心理学等内容。

无论从哪个方面看来，所有的写作都是有**选择性**的。这种选择性不仅体现在风格上，还体现在最基本的内容方面，想囊括所有的内容，那是办不到的。

（有些作家写得非常具体，只讨论一尊雕像的脚指头，有些语言分析家写文章，只谈论"但是"的十种用法。相较于他们，我还是偏爱那种想要在一篇文章中穷尽所有内容的人，他们至少表现出了一种美好的愿望。所以，如果你太有雄心壮志，我明白你的感受，然而，这种做法是灾难性的。）

你必须界定自己的题材和主题。

有些人想把所知道的一切都写进文章，而且还得写**不可反驳**的文章，这就错了。为什么呢？至少可以从两方面来谈。原因之一，这是不可能的，如果题材有分量，那就得写一本书来论证。文章不能用来论证，只能进行**展示**。论证和展示是有区别的。"论证"主要用于理论性的主题。如果你只写某一题材的一个方面，比如某个文化或哲学问题，就不该去论证观点。要论证观点，涉及的知识面更广，所用篇幅也更长。相反，你只需展示自己观点，**指出**论证的结果（这一点与进行论证是不一样的）。比如说，在我的文章《不可解释的心灵淬炼》[①]中，我认为我们应该善待理性的人，但我没有去证明这一点，只是提供了相应的材料。而如果要真正论证这一点，我就必须论证理性的正确和重要。对于我的读者，我认为这一前提不证自明。（对于非客观主义者，这篇文章仍然有价值。虽然这篇文章无法向他论证这一观点，但如果他有兴趣，就会在这篇文章的引导下进一步研究理性和非理性的问题。）

想写出不可反驳的文章，这是错的，原因之二在于：这样的作者想当然地认为自己的读者没有自由的意志。他想当然地认为，通过某种不可知的方法，他必须写出一篇无懈可击的文章。但这样的假设显然是错误的。这完全忽略了最显而易见的逻辑关系。如果要写这样的文章，你就

① 安·兰德的这篇文章是对亨利·康姆《我感受到自由的三分钟》的回应。将苏联的年轻人与美国的嬉皮士进行了对比。

是在要求自己做不可能的事情，一开始就走向了败局。结果是什么呢？要么你无法写下去（而且还不知道自己写不下去的原因），要么你就得没完没了地写下去，沿着支线写，而支线还有自己的支线。不可反驳？你做不到，而且你引发的问题可能多于你回答的问题。（这有力地说明了一个事实：遵循错误的前提，得到的结果就会与你的意图完全相反。）

不可反驳或者穷尽一切知识的文章是不可能存在的。那什么样的文章才有可能存在呢？一篇文章，究其本质，针对的必须是某一题材下严格界定的某一内容，而不是涵盖了整个题材。

度量的标准是相对的，但此处我说的"整个题材"，指的是最基本的意义。比如说，你的题材与政治相关，那么整个题材就是政治，政治的所有关键方面。这样的题材，用一本书来谈还说得过去，一篇文章不行。即便是写一本书，你也必须界定政治是什么。虽然形而上学、认识论或伦理学的东西与之相关，但你也不能在书中写太多这些内容。你要在书中给出结构框架，界定你的题材范围，坚决不要跑题。所以，只写一篇文章，关注点就不能是大型的题材。(事实上,我的《客观主义认识论导论》^①就不是一篇文章,而是专题论著。篇幅太长了,即作为理论文章也太长了,所以我不得不分为八个部分来写。一开始,这些内容就应该作为一本书来出版的。这也很好地说明了文章就不应该采取这样的形式。)

我的文章《论活着的死亡》讲的是节育。我并没有针对整个节育问题来谈,只是对天主教的立场进行了客观主义的评论。而且,我也没有针对所有相关的天主教文献,只是针对教皇的一则通谕。虽然我写的是基本理论,但我的题材只涉及一个大问题的某个方面。

作为练习,可以阅读优秀的文章,找出与文章相关的大题材,再找出文章针对的具体问题。你会发现,这些好文章总是立足于某一观点,针对局部,绝对不会强行浓缩处理整个题材。

一旦你明白了文章的本质,下一步就是开始写文章了。注意,文章有两个基本元素:题材和主题。**题材**就是文章写的是什么:问题、事件或人。(再说一次,一篇文章只能针对一个题材的某个方面。)**主题**就是作者针对这个题材想要说什么——他要给这个题材带来什么。如果是中间类型

---

① 此文最初分期刊登于《客观主义者》(1966 年 7 月至 1967 年 2 月)。

的文章，他带来的就是他对这一题材的评价；如果是理论文章，他带来的就是他的新观点。

比如针对现代剧院这一题材，我们来考虑一下中间类型的文章的角度。就这一题材，可以写很多文章，但要有不同的主题。比如，有人写现代剧院是文化解构的象征，而有的现代主义者也可以指出自己为什么觉得这是好事，或者其中的社会意义何在。同一题材，有很多潜在的处理方式。

至于理论型文章，我们就来看一下我的《客观主义认识论导论》。这篇文章的题材是认识论（更具体地说是概念的本质），主题是我的理论。或者看一看我的另一篇文章《艺术的心理–认识论》[①]，这篇文章的题材是艺术，主题是我对艺术的本质、目的和来源的定义。理论型文章的主题是作者给出的抽象观点，不涉及评价。

要确定题材和主题，最简单的方式就是问一问自己，为什么我想写这篇文章？你给出的答案越清晰，就越容易列出大纲，写出文章。

"为什么我想写这篇文章？"这个问题包含了两个子问题："我想写什么题材"和"对此题材我有什么想说的"，

---

① 安·兰德，《浪漫主义宣言》（纽约：新美利坚图书馆，1975）。

即"我的主题是什么"。在回答这些问题的过程中，你也许会发现自己的理由站不住脚。比如说，你发现自己是因为对总裁愤怒不已，所以想写某篇文章。这个理由就不充分。写作可不是职业疗法。下一个问题应该是："我如此生气，有什么充分的理由吗？"如果你有充分且正当的理由，而且没人从你的角度审视过总裁，那你的文章就从模糊的主观情绪变成了有潜在价值的东西。

再次以我1969年的文章《不可解释的心灵淬炼》[①]为例，说明题材和主题的选择。康姆的文章谈到了苏联的年轻人，我心中涌起一种强烈的情绪。我问我丈夫，他是否读了这篇文章，他说他读过了。他的反应是一样的，虽然他没有个人情结，但他觉得文章很美，很壮丽，非常有悲剧色彩。这就是一条线索，说明我的反应并不是完全主观的，也就是说，并非完全以个人经历为基础。

接下来，我提出了另外的问题："这种感觉有没有更广泛的意义？为什么它让我感觉如此痛苦？"我立刻就找到了原因：康姆的文章描述了最优秀的年轻人的毁灭。他们是处于绝望境地的理想主义者，却仍在努力，要与摧毁他们的人做斗争。我接下来的问题是："为什么他们还在继续

---

① 安·兰德出生于沙俄时期（1905年），20世纪20年代才离开苏联；在下文的阅读中，不要忘了这一重要信息。

斗争？为什么我觉得他们处境可悲？"我明白了，他们还在斗争，因为他们是有美德的年轻人，他们太年轻了，甚至看不到自己的美德。他们身上最优秀的品质让他们有了这样的行为，他们自己甚至都没有完全明白其中的缘由。

这就是我的反应。到这一步为止，它还是一个狭窄的题材，还不适合用来写文章。但是，我联想到，这一现象并不是苏联独有的。在美国，在我们的大学里，年轻人也因为他们的德行和对理念的执着而面临困境。

我的下一个想法就是：美国的嬉皮士正是那些苏联年轻人的反面。到了这一点上，我知道，文章已经成形了。

因此，我文章的题材是：毁灭最优秀的年轻人。主题是：这是可怕的犯罪。注意，题材决定了文章的形式和内容的多少。苏联年轻的理想主义者被摧毁——我必须根据《纽约时报》文章中提供的简短新闻描述对这一事件的意义进行分析。接着，我必须用同样的语言，也就是用具化的戏剧语言来呈现美国的嬉皮士。我曾写过一篇关于学生的文章①，与之不同的是，《不可解释的心灵淬炼》并没有从理论的角度讨论美国年轻人中所谓的先锋人群有什么问题。我要精挑细选，具体化地呈现苏联叛逆者和美国叛逆

---

① 即《兑现》（"The Cashing-in: The Student 'Rebellion'"）。收于《资本主义：未知的理想》（纽约：新美利坚图书馆，1967）。

者之间的反差。我的题材和主题一旦清楚了，剩下的内容就各就各位了。如果我没有界定主题，一开始只是对自己说"苏联的事情，我很有感触，写点东西吧"，那可能就会遇到困难。

针对康姆的那篇文章，我也可以从不同的角度写出不一样的文章。有多少职业，就有多少种可能的角度：历史学家的角度、哲学家的角度、经济学家的角度，等等。

主题应该是人们广泛感兴趣的，除此之外，并没有什么规则。比如说，读了康姆的文章，有人想关注苏联的街道（这一点，康姆在文中提到了），以此为主题，谈一谈糟糕的卫生情况，这就行不通。太局限了。面对更大的问题，你不应该去关注微不足道的细节，这就没有突出题材的严肃性，反而破坏了题材，摧毁了题材的意义。这样的主题无关痛痒，甚至与题材相冲突。题材和主题必须是同一量级的。

我来讲讲《纽约客》早期的一张封面图。画面上是博物馆的一堵墙，墙上挂了一幅很大的画，画中一个野蛮的洞穴人，抱着一个裸体的女人，飞奔穿梭在丛林中，所过之处，树枝折断，鸽子腾飞躲避。女人在尖叫，而男人带着欲望凶狠地看着女人。博物馆内，一个小个子的年老女士支了一个画架，坐在这幅画前，正在临摹。但是，面对这样暴力狂野的题材，她只选择临摹那群鸽子。这就很好地展示了什么是主题太小，与题材不符。

同样，你的主题也不能过于宏大。你选择了一件很小的事情，又想在上面附加宏伟的主题，却无法提供足够的内容来支撑，最后只能流于表面地谈论抽象概念（与现实无关的抽象概念）。

当然了，你必须先选好题材，然后再确定主题。无论你选择写什么，首先要有写的东西，你必须先决定写什么——就此题材，再决定你有什么话要说。写虚构作品，你得考虑情节，你也可以先考虑主题或小说的任何一方面。但是，写非虚构作品，你必须从题材着手。（等你有了经验，这一过程自动完成，你几乎能同时找到题材和主题。但事实上，这是两个选择过程。）

顺便说一句，这世上就没有什么最好的主题。有了题材，写的时候，脑子却想找"最好的主题"，那就是灾难。你针对的只能是题材的一方面，这一题材还有很多其他的方面。这世界上有多少行业，就有多少种可能的主题。你不可能说这个行业比另一个好，所以客观上，你也没法说题材的这一方面优于另一方面。

你**可以**从基本的角度出发建立一种等级。比如说，针对某一题材，持久的、哲学的角度就比转瞬即逝的新闻角度更基本。但是，这一等级非常松散，不能决定文章的好坏。主题过于宏大，文章可能会糟糕，主题虽然比较狭隘，却具有启发性，也可以成就有价值的文章。

你唯一需要关心的是理性地捍卫自己表达的方式，告诉别人和自己，你有话要说，不吐不快，并合理地解释你所说的是有价值的。不要用康德学派或者神秘主义的价值观念——不要在形而上学的真空中寻找"最好"的角度。

此处，决定性的因素是你自己的知识价值等级：你感兴趣的题材是什么，对此你有什么想说的。你的标准应该成为你的最佳角度。有了理性的前提，你认为越重要的内容，知识价值等级就会越高。因此，你应该在能胜任的前提下，选择自己最感兴趣的、最深刻的角度。比如说，你对教育制度感兴趣，本来可以写出一篇不错的文章，你却因为不想花太多的时间做调查，走捷径写了一篇关于其他话题的文章。这样做就不对了，你选择的理由站不住脚。选择后者，你是写不出好文章的。你对这篇文章没有兴趣，你的读者也会觉得无趣或觉得缺少说服力。

你对某个主题感兴趣，但这个主题需要做大量的调查，而你根本没有那么多调查的时间，是不是也要写呢？如果你选择的主题需要做大量调查，那么这一主题多少有些超越了你现有的知识和兴趣。对于你现有的能力而言，这一主题太过宏大。我的意思是：考虑到自己的知识面和兴趣，在你的掌控范围内，主题要尽可能地宽广。

针对选择的题材，你发现自己没有什么**新的**话可说，那就不要写这篇文章。这一点非常关键，但很多人，特别是新手却没有意识到这一点。有个年轻人给我看了他写的一篇关于资本主义的文章，全是老调重弹。我问他，这些内容，之前有人说过吗？他回答说，有。这就是问题所在。他没有任何新的东西可说。

如果没有新的内容，无论写得多么精彩，也不必写了。一篇文章，要么成就题材和主题，要么糟蹋题材和主题。有些"才华横溢"的文章言之无物，不过是打字练习，浪费了成熟的风格。

"新"并不是要前无古人，去阐述从未有过的理论。一篇文章只谈某个题材的某一方面，并不需要什么惊世骇俗的新颖主题。但是，在同题材中，你的想法必须要新。

有人认为，文章要做到新，绝不能"仅仅"用某个基本原则来分析某个新情况。比如说，我写过一篇关于伯克利学生抗议的文章[1]，按照以上观点，如果我再写一篇关于康奈尔学生抗议的文章，就是老调重弹。如果真是这样，

---

[1] 此处指的是文章《兑现》。

那就没法写中间类型的文章了，只能写理论文章。事实上，同样的原则，可以用于不同的情况，强调不同的方面，这样做完全没有问题，可以写上一百篇文章，没有一篇是老调重弹。面对同一个题材，可以有无数个视角。我在关于伯克利的文章中用过那些原则，在关于康奈尔的文章中同样可以用。（但我本人不会写这样的文章。我一旦写过某个题材，再次写时通常就会觉得厌烦，但这并不是说别人不可以这样选择。）哲学并不会自动应用到现实中。如何用理论分析时事，每一次都需要动脑子，因此这对读者来说是有价值的。

　　某种意义上说，自从《我们活着的人》[①]之后，我就没有说过什么新的东西了。当然，《阿特拉斯耸耸肩》这本书有很多新想法，但你也可以说，广义而言，《我们活着的人》中已经暗示过这些想法了。毕竟，两本书中，我都提倡自私[②]和个人权利。什么是新的？如果你的标准过于宽，最终就得说："自从亚里士多德说了 A 是 A 之后，就没有

---

① 安·兰德的第一本小说，1936 年由麦克米伦出版社出版（修订编辑版，兰登书屋，1956；出版六十周年编辑版，达顿出版社，1995）。

② 安·兰德的自私不同于日常生活中自私自利的概念，她认为自私涉及一个人道德生存的本质，人首先要做一个关心自己利益的"自私"的人，才能成为道德的受益者。同时她认为"自私"与理性密切相连，人的私利不取决于盲目的欲望，人必须在理性的原则指导下行动。（编者注）

人说过任何新东西。你没法超越同一律，没有同一律什么都说不了。我们不过是在这基础上解释说明而已。"但这不是"新"的正确标准。（只是换一换表达方式，那不是新。）

要判断主题是否新，问一问自己，你之前是否看过这样的观点。如果你了解这一题材，之前没有见过这样角度的文章（你并不需要知道有关这一题材的所有文章），那你就是有新的东西要说。

总而言之，在你动手写文章之前，问自己三个问题："我想要写什么""对这一题材，我想要说什么""我主题中的新元素是什么"。

你应该把这些问题和你的答案都写下来。作为新手，你还不能自动完成题材和主题的选择，这一点就特别重要。写出自己的答案，写出客观的答案。如果你不能写出清楚而客观的东西，那说明你对这件事情没有真正了解。在文章的基本层面含混不清或有悬而未决的问题，"预后"将是灾难性的。不能准确描述，那就只是大致了解而已。

绝大多数的写作问题都来自思维上的模棱两可。有不确定的地方，潜意识就不能运作。应该绝对一些——其实，显意识最好也绝对化，在做决定时要准确。

第三章　判断读者

　　一旦决定了题材和主题，确定了自己有新的想法，就应该问自己：为什么别人要对你的文章感兴趣。这有助于你客观地选择主题。我在讨论《不可解释的心灵淬炼》时，已经说明了这一过程（参见第二章相关内容）。如果我从个人兴趣的角度去审视康姆的文章（考虑到我的经历），那只是一种主观兴趣，我不应该就此写文章。但是，最优秀的年轻人因为他们对理性的忠诚而遭受打击，这一点，每个受过教育的普通人都会感兴趣的。一旦我总结出了这一点，我的主题就有了客观的有效性。

　　关于题材和主题，第二章已经谈过了，而判断读者是其分支内容。但是，判断读者群不仅是选择题材和主题的问题，还涉及制定大纲和具体的写作。现在，我就来讲一下相关原则。你应该明白这些原则，继而做到自动执行。

判断读者的方法颇为复杂。因其复杂的本质，也就没有制定细则的必要性。有多少不一样的个体，就有多少读者。想要准确地预测读者群？不可能。没有两个读者是一模一样的，或者说没有两个人有同样的心理-认识。但是，你得知道大致的分类。你必须对题材、主题或者大纲一清二楚。同样的道理，对自己的读者群也不应该有半点含糊。你必须在纸上用客观的语言明确你的读者类型。

其实，与人交谈时，你也是在不断地判断听众。与孩子说话是一种方式，与同龄人交谈又是另一种方式，与上司或者更有学识的人交谈，方式又不一样。你没有改变自己的观点，没有夸夸其谈，也没有居高临下，但你清楚对方的知识背景与自己的区别。写作的时候，你主要得判断读者知道多少，这一点决定了你在文章中需要做多少解释和铺垫。

比如说，客观主义者面对客观主义的读者群写作，就不需要一一证明所用的客观主义原则。面向大众写作，也不可能在一篇文章中解释整个客观主义。但是，相较于第一种情况，需要向读者更多地解释、说明某些原则。

你要推测读者的知识框架，否则就无法动笔。你预设读者有某种知识水平，这是你无法左右的，但你要以此为基准来写文章。这是客观的要求。

顺便说一句，如果你面对的是年轻的读者，绝对不要以一种俯就的姿态写作。对读者的知识背景进行预估，作用在于决定文章的复杂程度、抽象概念的多少，以及解释多少。

如何判断读者的知识背景呢？假定你在为客观主义者写作。（对于其他的读者群，原则也是一样的。）首先，确定必要的语境。比如说，你要写一篇关于 A 干预 B 的文章。如果一开始就解释什么是 A，什么是 B，就会没完没了，永远也说不到主题。你必须设定读者知道什么是 A 和 B。那你需要告诉他们的是什么呢？ A 如何干预了 B 的领域；人们如何为这种行为辩护；这些辩护为什么不对。提出主题、制定大纲，以及写作——整个过程，每走一步，你都必须问自己，要写这篇文章，你需要知道什么。比如，你不知道 A 如何一步步干预了 B 领域。怎么去了解呢？大量的阅读。大量阅读之后，你认为 A 是在神不知鬼不觉的状态下干预了 B 这一领域，认为 A 支持者的论证不成立。好了，这就是你想与读者交流的东西。如果你认为读者已经知晓整个事情的来龙去脉，那你就没有选择好题材和主题。但是，如果你的读者对此并不了解，你的选择就是正确的。

客观主义的读者如果对这一题材感兴趣，那么他需要知道 A 干预的不正当性。你不需要证实这一点，可以把这一点作为文章的语境，但必要的时候，你必须在文章中提到这一点。

很多作者错误地对语境采取了中立态度。比如说，某作者知道读者持有某种观点，在写文章的时候，却把他们当作持中立态度的人群。要写文章，他就不应该忽略读者已有的知识背景，更不应该错误地认为读者处于浑然不觉的状态，这就会让读者感到迷惑。我们来假设另外一种情况，你知道某人支持 A 干预 B，你觉得这一事实不证自明，甚至在不引用他的观点的情况下就对他进行批评。这样做，也是忽略了读者的知识。要批评某人，你必须告诉读者他做的事，而且你本来就是想让读者明白 A 干预 B 的历史。不要想当然地认为读者知道某人所扮演的角色。

文章中每一部分的语境你都要了解，而且你还要了解读者是否明白这些语境。**问一问自己，什么内容是可以省掉的，什么是你必须告知读者的**。这样，你就能准确地判断你需要告诉读者什么。顺便说一句（至少在初稿的时候），解释过度总是好过解释不够。你不太清楚文章到底需不需要这部分信息，那就写进去，等改稿的时候，你轻轻松松就可以删改。

此处，一条重要原则就是：人生来思想是一块白板。

作者认为某件事情理所当然，往往觉得这件事情是不证自明的，而事实上，这件事情很复杂。除了自己的知觉和感受，没有什么是不证自明的。所以，在写作过程中，你应该这样想：除了逻辑关系本身，没有任何东西是不证自明的。（事实上，逻辑也不是不证自明的。但是为了交流，你必须假定对方知道什么是逻辑关系。）至于其他部分，既然人生来思想是一块白板，你就必须判断：要理解你的观点，需要哪些必要的知识。如果有缺失，你就必须交代这些东西。

涉及有争议的主题，你则必须留心那些广为流传的错误。这不是别人是否赞同你观点的问题，而是要了解某些错误是否广布于文化中，而最优秀的读者可能还不知道你如何看待这些问题。在《客观主义认识论导论》一书中，每一章的最后，我都提到了某种当前的错误，以说明如何表达我的立场。比如说，在第四章，我讨论了量化的问题，然后提到了某些心理医生，他们检测膝跳反应而不是讨论心理学原则；还提到了神秘主义者，凡是重要的东西，他们都认为不可量化。不要假设读者会自动联想，越是新内容，他们越不会去联想。当然了，你无法穷尽所有可能的联想，但你可以指出几个主要的。

要谈错误的观点，你自己的意思首先就不能被误解。如果你的立场与大众的观点相左，你必须游刃有余地表达清楚自己的观点。如果办不到，最好放弃这个题材。本来是能够讲得很清楚的题材，可新手往往错误地顺带提及某个有争议的话题——也许是作为例子——这样做只会造成混乱。我并不是说你不应该提及这些话题，而是不应该顺带提及——在这种情况下，你无法清楚完整地表达自己的观点。

无论为什么媒介写作，你都必须判断读者知道多少。但是，你一定要面向读者中最优秀的人写作。

"读者类型"是一个抽象的概念。实际上，任何类型的读者中都有逃避者和各种各样心理-认识很糟糕的人。读者群的认知水平并不能决定他们的心理-认识。作为读者，孩子们可能比教授们更聪慧、更专注。因此，不需要考虑心理认知状态不佳的可能性。一旦确定了读者的知识水平，就要面向这一认知人群中最优秀、最专注的心灵写作。

有些人心理认知有问题，面向他们写作就不妥。用理性的方法来对不理性的人讲话，这本来就是矛盾。如果你有不理性的读者，你根本就无从判断他们会选择听什么，不听什么，以及他们会有什么样的联想。逃避型读者阅读一篇文章，他本人都无法预测自己会忽略什么、整合什么，你也无法预测。这就是非理性的本质。

所以，不要做心理分析。不要去考虑照顾读者心智上的弱点。比如，不要对自己说："我讲的是新东西，是反传统的东西，我怎样才能让读者打开思维？我怎样才能减弱对他们的震撼呢？"考虑这些问题，就是想做不可能的事情，只会让自己的思维停滞。如果对方选择不接受，或者说对方即便想整合这部分信息，却没有能力办到或者暂时没有能力办到，你就没有办法与对方沟通交流。一个人缺少全神贯注的能力，那是心理治疗师该关心的问题。与人打交道，必须与他们的显意识思维打交道。

写作的过程中，要做到完全理性。假定读者处于最佳状态，你也必须达到这一状态。也就是说，确定读者大致的状态，接下来，你仿佛就是读者群中的一员，你是面向自己在写作，而且面对的是最好的你，最具洞察力的你。最为严格的认知思维是什么样的？你必须做出预测，而你唯一可以全面预测的只有你自己的思维——你自己的思维在最连贯、最清楚的时候是什么样的。从这个角度而言，写作的过程，就像自己在说服自己。

为了做到客观和明白，问一问自己，面对像自己这样严格的人，怎样才能把事情说清楚。怎样才能说服自己？据此进行预测。假定你对素材一无所知，只有依靠文章本身来寻找答案。审视自己的文章，就像对待陌生人的稿子一样，细致严格。不这样做，思维上的不妥之处就会体现在你的文章中。(写作有助于你的心理-认识,反之亦然。你的心理-认识水平越高,写作就越容易。)

要做到客观明白,很不容易。这一过程的反面就是主观化。你很容易就会想:"如果我写给自己看,我知道自己想说什么,无论我怎么写,即便只是几个速记符号,对我而言也是清楚明白的。"但是,写作要求的是严格的客观。这就是为什么我会说,面向自己写作,必须把自己放到**仿佛不了解题材的位置上**。

你作为读者的心理,可以用来指导作为作者的你。有了问题,如果你能做到客观,最好的咨询者就是你本人。能够在作者和读者两种身份下切换视角,就是最好的客观性训练。这种训练也能提高你修改稿子的能力。写作过程中有太多的问题,可能多得让你喘不过气,你可能会失去判断自己作品好坏的能力,所以转换视角很有用。如果已经无法判断自己作品的好坏,转换视角能让你退出来,问问自己:"如果我是**读者**,我觉得这篇文章怎么样?"你脑子里塞满了各种未解的写作难题,换个角度能清扫你的脑回路,给你读者的新视角。

比如说,你犹豫要不要加入某个细节,终极裁判应该是作为读者的你。这种情况下,就没有适用于所有文章的绝对规则。转换视角,装作你不了解这一题材,问自己,是否觉得这一细节会更清楚地说明问题。如果你能客观地作答，就以自己的答案作为标准。我说"客观"，意思是，无论留下这一细节，还是舍掉这一细节，你至少能够给出一个站得住脚的理由。（如果你的理由是"我不知道为什么，我觉得应该保留这条"，就没有资格称为客观。）别忘了，这篇文章是在你的心理-认识和你的知识结构之下写成的。自己做读者，就是用统一而可靠的判断标准来衡量整篇文章。文章整合得好，什么应该加进去，为什么要加进去，终极裁判只能是你自己。

判断读者的另一个方法：知道文章的目的——你想要读者拿你的文章来干什么。换言之：你脑子里不能同时有几个目的，也不能同时有几个读者群。这件事情一定要想清楚，否则会在潜意识层面影响写作。

给大众看的文章也一样，只有一个目的：与有理解力的非专业人士交流知识。你也许有不一样的目的，比如激励读者行动起来。如果是这样，整篇文章都应该采取不一样的写作方式。但是，同一篇文章，不能既面向同行，又面向普通的非专业大众。如果你想在一篇文章中容纳两种类型的读者，包含两个目的，就会同时做两件事情——一边告知非专业人士信息，一边告诉同行如何实践。这么一来，你的所有段落都会出现冲突，最终溃不成军。

比如，关于教育方法论的大众文章，就不同于面向教师的专业文章。相对而言，非专业人士对这一题材知之甚少，只是对教育方法论的原则感兴趣，想要用这些原则来处理生活中的教育问题。普通的读者会对什么感兴趣呢？他们可能会想知道客观主义的方法与杜威①的方法有什么不一样。因此，你就可以告诉读者，根据客观主义的方法，老师们会引用原则，并且用例子具体化这些原则；而杜威的方法局限于具体事物，回避原则和整合。教师的动机和兴趣则不一样，他们在技术方面的水平更高。面向教师写作，你就必须提供技术上的细节，讲一讲如何才能达成某些效果。你要讨论应该给学生什么类型的练习，寻找什么样的错误，残存的杜威式教育如何妨碍学生的理解，如何进行矫正，等等。对于专业人士，"怎么做"就是适合的角度。但是，非专业人士不会对此感兴趣。这基本上就是非专业人士的理论科普和专业人士的应用技术之间的区别。你的读者决定了你写作的目的。

我的大多数文章的确都有行动总结，但只是泛泛而谈。比如《美国被伤害的少数人：大生意》②一文，就是想要告

---

① 约翰·杜威（John Dewey，1859—1952），美国哲学家、教育家，实用主义的集大成者。（译者注）

② 《资本主义：未知的理想》（纽约：新美利坚图书馆，1967）。

诉读者反垄断法的本质，是一篇大众化的启蒙文章。我举例讲了反垄断法的历史，展示出其中我不同意的地方。总结的时候，我说，我们应该支持修改法律，最终废除反垄断法，特别是其中的监禁条款。但是，我没有教读者如何反抗反垄断法；我揭露了反垄断的负面影响，继而给出了一个积极的方向。既然负面的趋势越演越烈，那么就可以指出某种可能的行为（没有细谈）。但是，如果我在给出结论的时候大谈特谈，说大家应该召集社区中反对反垄断的人，应该与我交流，我要组织一个委员会，那就不合适了。这样一来，这就变成了行动性质的文章。如果我的目的是要组织委员会，我写文章的方式肯定不一样。我必须简要地概括出反垄断的错误所在（假设读者知识层面比较高），然后我的关注点就不会在历史，而是去鼓动人们行动起来，告诉他们能做些什么。这一类的行动文章叫作宣言。宣言这种体裁本身没有错，但你必须知道什么时候用才合适。不要混淆宣言与提供信息的普通文章。

　　读者都喜欢针对大众的文章。这类文章通常是按照分级的原则写的。专家从中获得的东西比普通读者多，但普通读者也应该得到有价值的内容。每个人根据自己的能力而有所收获，或者说，根据已有的知识而有所收获。如果一篇文章清楚明白，读者能客观地代入这篇文章多少东西

（即他已经明白的内容），那他就能相应地从文章中得到多少东西。如果是好文章，读者思维活跃，就能刺激他进一步了解不明白或不知道的方面。这不是文章的目的，却是好文章额外的福利。

许多题材都可以从多个角度处理，如果你没有清晰地界定读者群，很有可能就想同时在一篇文章中混入多个角度。无论想要写哪一类文章，你必须在选择题材和主题的阶段就决定谁是你的读者，你想要与他们交流什么内容。

第四章 运用理论和哲学，但不要死板地宣传

很多年轻的作者都遇到了同一个问题，那就是他们觉得文章应该宣传理论或哲学思想。这就不仅仅是写作的问题了，所以我要从这一错误观念中更为广泛的哲学角度谈起。

首先，你需要明白，世界上就没有哲学这种**东西**。哲学是对现实基本本质的研究。"基本本质"指的是某种普遍存在于具体事物中的原则或真理。如果我们说某项东西是"基础"，那就是说很多其他的真理取决于它。我们说哲学是研究现实的基础，意思是说哲学研究的是事实和原则，这些事实出现在所有存在的事物中，这些原则可以应用于所有存在的事物。

每一个抽象理念，每一个原则，都在无数具体事物中得到了体现。它是具体事物共有的东西，但它并不独立于这些具体事物而存在。抽象理念，是人类用分类的方式整合感官经验。人类将经验整合成概念，概念再整合成原则，原则形成学科，所有的学科融合成为哲学，最终使其超越了感知层面。抽象理念是以现实为基础的，但是抽象理念，包括简单的概念，并不是具体的存在。存在的只是物质，概念是从中抽取而来的。[①]

我经常说，哲学的历史就是柏拉图和亚里士多德之间的决斗史，所有的问题中都有这种冲突。[②] 如果你认为原则独立于具体事物而存在，继而认为哲学独立于具体事物而存在，你就是柏拉图主义者。柏拉图认为抽象概念是一种原始模型，或者说是一种形式，他认为这些概念是一种非物质的形态，是超自然的实体。客观主义者与亚里士多德有很多共同之处，其中最深层的共同之处就是：亚里士多德第一个理解了所有事物都以一种特有的具体实体而存在，或者以一个实体的某个方面而存在，比如说某个实体的行为，某个实体的特征，或者某个实体具有的关系，等

---

① 关于安·兰德的概念形成理论，参见她的《客观主义认识论导论》。

② 参见标题文章，安·兰德，《致新知识分子》。也可以参见后记（《柏拉图和亚里士多德之间的决斗》），伦纳德·培可夫，《客观主义：安·兰德的哲学》（纽约：达顿出版社，1991）。

等。而这一点，直到现在，还有很多人不懂。所有事物的基础都是实体，不是理念或抽象概念。抽象概念是一种形式，我们用这些形式把实体归类，以便了解这些实体。

作为一个彻底的亚里士多德学派的人，你必须明白，只有具体的事件、具体的关系和具体的问题才存在。（如果你不是彻底的亚里士多德学派的人，也无所谓，但你会遇到很多问题，所以还是把自己训练成亚里士多德学派的人吧。）比如，同一个抽象的问题可能存在于世界的不同地方，涉及不同的人，但是，每一个案例，都是一个具体的问题。就像"桌子"这个抽象的概念包括了所有存在的桌子——过去的、现在的、将来的。同样的道理，事实上，历史上所有的社会都出现过"人与国家"这个抽象的问题。这是当今世界主要的政治问题，但它不是一个漂浮不定的概念。它是一个有关人与某个政体关系的抽象概念，这些关系只以现实的形态存在。它们都存在于同一个抽象概念之下，这是事实，但并不能改变另一个事实——那就是它们有各自的具体存在方式。这个概念涉及特定的人、特定的场景，并没有"人与国家"这样的东西存在于柏拉图式的空间里。

如果你清楚这一点，你就明白了什么是抽象概念。如果你不清楚，直接的后果就是：在实际生活中，你会受限于具体的事物，在哲学信念中，你会沉迷于漂浮不定的抽象概念。如果没有成为彻底的亚里士多德学派的人，就无法在生活和行动中真正运用哲学原则。这样的人一方面可能懂得复杂的象牙塔哲学，另一方面其行为却像野蛮人。

客观主义者不会犯下如此粗鄙的错误，但是，每一种错误都是渐次累加的。而且一个人信奉的哲学信念和他的日常生活可以是不同的体系。

这种错误的根源往往在于：人们接受了某些信念，却没有将这些信念完全融入具体生活中。一个问题会反复出现，但没有必要每次都重新思考整个问题。一个人如果彻底整合了信念，很快就能识别出问题，并且将自己的信念应用到具体的事实上，只有在遇到复杂问题的时候，他才需要重新思考。然而，无论问题是复杂还是简单，你必须根据自己的哲学信念来处理生活中遇到的问题，你的哲学不能存放在"某个地方"，它不能独立于你的日常行为而存在。

哲学的目的在于引导一个人度过他的一生。不幸的是，很多客观主义者还没有完全接受、完全具体化、完全整合这一原则。比如，面对某个特定的时间、艺术品、人等，太多的客观主义者问自己"我必须有什么感受"而不是"我的感受是什么"。如果他们遇到我没有讨论过的情况，他们的角度是"我应该怎么思考"而不是"我是怎么想的"

哲学不会具体告诉你要有什么感觉，或者要有什么想法，它只告诉你什么是真实和正确的。如果你必须对某件东西做出评价（比如艺术品、政府政策、个人关系），哲学能给你用来判断的正确原则（前提是：你的哲学是理性的）。哲学能给你提供一种标准，但无法为你实施这一标准。你必须自己判定其到底是好是坏。

哲学不能给你一套自动实施的教条。教条的人拼命想要让哲学沦为可以自动实践的条款，以绕开思考和道德分析的责任，这些就是形式主义者。他们想要得到宗教的承诺，十条或者一百条诫命，拿来就用，不用去思考或判断任何事情。

哪种哲学是正确的呢？这又是另一个问题了。研究哲学的目的，就是发现正确的哲学。一旦你认定某一哲学是正确的，也就是说这一哲学符合现实，你只是拥有了一把钥匙。哲学会告诉你用什么原则来评判事件、人、选择和文章。但是，进行判断、评估和组织具体事物的人必须是你。

那我说的这些怎么用于写作呢？不要轻易地将哲学原则应用于写作。写一篇中间类型的非虚构文章，恰当的角度是问："我对这一题材有什么想法？""我想说什么？"

如果你不确定自己想说的东西是否正确，这又是另一个问题了，与你的文章无关。如果你有疑虑，就把自己的文章放到一边，然后多思考。你是如何评价这一题材的？如果没有清楚的想法，就不要写文章。如果一部分内容是自己的评价，一部分内容是某种主义的教条，就无法蒙混过关。

接下来，我想讨论两个错误。很多人往往会犯这两个错误。第一个错误是：作者就应该宣传自己的理论和哲学思想。

比如，有人给《客观主义者》寄来一份没头没脑的影评。这位作者到底是在评论电影，还是在宣扬客观主义道德观，我真是辨别不出来。这两个方面完全就没有整合在一起。他讲几句与电影相关的内容，就开始谴责电影，责备电影不应该展示不道德的人群（这是一部黑帮片）。他的谴责并没有与他的电影评价结合起来。他在文章中用上了客观主义口号，没有说服力；作为影评，这篇文章也没有说服力。他想做两件事情：一是谈谈自己对这部电影的看法；二是完成他对客观主义肩负的"责任"。这是中世纪顶峰时期的态度——除了给教会的荣耀添砖加瓦，其他的什么都不能写。

应该从文章的素材和行文中自然地表达出你的思想和你学到的理论。不要把传达思想或理论当成特别的任务——这一任务只属于理论文章。不要去吆喝叫卖某种主义，也不要去证明某种主义，不要在文章中给自己的哲学思想和学到的理论"竖大旗"。理论应该是你文章的隐形框架。比如说，客观主义者写一篇关于现代艺术的文章，他不会告诉你为什么理性好，也不会告诉你为什么非理性不好，他也不会去证明理性是人类生存的方式，但会在文章中应用与艺术相关的客观主义思想。这样的文章就不是宣传。哲学的框架让这篇文章有了整体性和连贯性。但是，这篇文章只是想要告诉读者现代艺术的状态。

在准备这部分的时候，我翻看了自己的几篇文章，想要找一篇没有提及客观主义的文章做例子。我一篇都没有找到。我一直都在不同程度地为客观主义做宣传。我没有去证明客观主义，但我提及客观主义以赋予题材更为广阔的含义。我可以办得到，因为我是搞理论的，而你们还不应该去模仿这样的写作方式。等你们写过很多文章后，就可以尝试棘手的整合类型，但是，经验不足就这样做，就会在主题和旁枝末节的问题上"找不到北"。

在写完《阿特拉斯耸耸肩》后，我觉得我才能自如地应对抽象问题，才能在不让读者迷惑的情况下做高难度的整合。所以，如果经验不够，就不要尝试。

如果不够客观，有时作者会犯下的第二个错误是：认为写作会以某种方式暴露出作者潜意识中的邪恶。事实并非如此。你可以从你写的内容中学到东西，你可以纠正自己的想法，没有必要心生恐惧。脑子里有"魔鬼"，没有什么错。如果逃避，不采取任何措施，那才是错误的。

有些人认为，写作的时候，必须贯彻某种"行为准则"。他们小心翼翼地守护着自己的潜意识，担心一旦放手，就可能写出不妥的内容。这才真是扼杀自己写作的最强"撒手锏"。事实上，你应该反其道而行之。写作的时候，你必须信任自己的潜意识，不仅如此，你必须允许你的潜意识成为整个宇宙中唯一的权威。否则，你就没法写作。这并不是说人只有潜意识，也不是说人的显意识派不上用场。使用潜意识的是你的脑子。但是，你的潜意识就像安装了程序的计算机。如果程序有误，即便维修了这部机器，你也没法写作。

事实上，写出不通的句子或者表达了错误的观点，结论不应该是潜意识里有魔鬼，而是你没有仔细思考题材，而且潜意识也会出错。但是，你可以纠正这一错误。再说一次，犯错误没有什么要紧的。不改正错误，才不对。

为了提供好的练习素材，可以看一看詹姆斯·莱斯顿关于目前大学教育的文章。试一下吧。找一找作者的哲学思想，找一找作者使用的方法。你就知道他用什么方法介绍自己的哲学思想（不是我的），他没有大肆宣扬。整体而言，他的方法是正确的。

莱斯顿的哲学思想是什么？

莱斯顿相信世上没有绝对的东西。事实上，他没有提出对与错的问题。在他眼中，暴力只是一种人们可以使用的方法。他既没有赞同暴力，也没有反对暴力，他持一种中立的态度——对其他的事情也是中立的。这就非常有力地证明了他是实用主义者。他不对任何一方做出评判——他只是说武力没有作用，因此我们应该回归常理。"常理"这两个字就是实用主义的神秘法宝。

在实用主义者看来，人们不可能提前发现原则。唯一的"原则"就是人类必须有所行动。在他们看来，我们不可能提前知道什么是正确的，所以任何事情都可以做。因此，莱斯顿不会说出"暴力是错误的，尊重个人权利是正确的"这样绝对的话。他会说："如果暴力没有用，人们就不该使用暴力。如果权利能创造出一个和平繁荣的社会，而且我们想要这样的社会，我们就应该保护权利。"这就是实用主义。

莱斯顿说，请求宽限时间的要求是公平的——因为在真正使用暴力之前，学生、教职人员和管理者都不知道该怎么做。这是纯粹的实用主义。（正如伦纳德·培可夫给我指出的，这完全就是实用主义哲学家约翰·杜威的观点。杜威认为思考是一种"疾病"。按照杜威的观点，人如果没有遇到问题，就不必思考；人不需要思考，只需要习惯性地生活，这是一种正常的、妥当的状态。但如果人遇到了不能正常应对的意外情况，就失去了轻松自如的状态，因此，思考是新情况引发的一种疾病，在这种状态中，人的习惯性应对不能"运作"。）

注意，这就是非常好的例子，展示了如何恰当地把观点当公理引入文章中。文章蕴含的观点是：人不能提前知道自己行为的结果，人必须先行动，然后观察结果，再思考。莱斯顿根本没有质疑这一观点。这一观点就是他的绝对原则。阅读他的文章，你明白他在说什么，但他从来没有明确地讲自己的观点。这就是中间类型的非虚构文章呈现某一哲学的正确方式，并没有大肆宣传。

然而，莱斯顿的文章有些不诚实（这也是实用主义固有的特性），他没有明确给出文章通篇都在暗示的结论。作为实用主义者，莱斯顿不能公开说出自己暗示的意思，他不能公开说，他认为所有的问题都能用妥协的方法来解决。如果他坚定不移地说出这一点，认为这是绝对原则，那就与实用主义相悖，实用主义宣传世界上没有绝对原则。而且，他看得出来，其他人也看得出来，他所提倡的东西是不道德的。

想知道实用主义者如何恰如其分地做宣传，就阅读威廉·詹姆斯和约翰·杜威的作品。他们写过理论作品，证明人无法了解任何东西，证明抽象原则不符合逻辑，证明我们只能根据"行之有效"的东西来进行判断。在中间类型的非虚构文章中，如果宣传不当，教条主义的实用主义者就会平白无故地提出他们的理论，开始对你说教，告诉你无法了解任何东西。他会清楚明白地说，既然激进分子和管理者都无法提前了解任何事情，他们就不可能避免现在的局势，因此大家应该给他们更多的时间。

但是，莱斯顿的文章不是宣传稿。他是评论员，他谈论时事，提出某种观点。然而，我们还是能够总结出他的哲学思想。普通人读詹姆斯和杜威的理解就是人应该实际，而无法抓住实用主义真正宣扬的东西。

好了，如果我要写，我会如何恰当地应用我的哲学思想呢？我会在莱斯顿的结构和事实的基础上给出我的文章梗概，但我对事实的解读会不一样。

莱斯顿处理题材的方式是：评价事件，归因，再开出处方。如果你真能按照这样的方法来写，那就是一篇强有力的文章。你只需要站在客观主义的立场给出事实，读者自己会思考，会完成余下的工作。如果读者思维活跃，就会完成之后的思考。

总结：写中间类型的非虚构文章，你从自己哲学观点的角度出发，评价具体的事物。也就是说，你的哲学是参考框架，这是已知定量，但不要在文章中宣扬，也不要去证明自己的哲学观点。如果你觉得自己哲学思想的某个方面需要证明，那就写一篇理论文章。

第五章　创建大纲

没有大纲，新手就不应该下笔。真希望我能把这一条当作绝对原则强制执行。大多数写作问题，比如心理障碍，感到挫折、泄气，都是因为没有一份合适的大纲。各种公开出版的蹩脚文章怎么来的？原因之一就是那些人写文章的时候没有大纲，文章结构支离破碎。

好的文章（无论你是否赞同其中的观点）是按照书面大纲写成的。有经验的专业人士可以根据脑子里的大纲（文章简短的情况下）来写作，但只有极少数作家能够达到这样的水平，新手不应该尝试。如果你这样，就是在跟自己过意不去，到最后还不知道自己为什么写不下去。

恰当地界定题材和主题，就已经有了大纲的基础。

大纲是思维活动的计划方案。人类所有的活动都需要计划，也就是抽象的规划。在非精神的领域，人们往往意识到了这一点。但是，因为他们相信写作是一种天生的才能，就觉得写作不需要客观的计划。他们认为写作就是等待灵感。然而，没有大纲就想写作，甚至比没有计划就想行动还要困难。

进行日常活动时，其实你脑子里已经有一个类似大纲的东西，其出现的频率会高到让你惊讶。通常你会选好目标，确定达成目标的关键步骤，然后再决定每个步骤的细节。

你要做一条裙子，你已经选好了裙子的类型，这就好比选定题材和主题。接下来，你量好尺寸，设计款式，这就是你的大纲。然后你剪裁布料，缝纫，最后绣花。现在，设想一下，有个新手甚至没有选好裙子的类型或要用的布料，一开始就剪裁和绣花，他肯定会遇到麻烦。原则上，做衣服的过程与写作是一样的（其他的工作也是如此）。

欧几里得几何定理的模式是：确定要证明什么，进行证明，最后给出结论。写大纲的基本模式也是如此。然而，大纲的步骤和细节更多。还有，大纲也不会告诉你如何组织具体内容，你会有很多选择。（比如，你没有必要在文章一开头就宣布："我要证明……"）但一般而言，大纲应写明你的题材，论证分析的逻辑进程，在总结部分给出

"高潮"。

在文章的开始部分，不一定是第一段，你必须告诉读者你的文章讲的是什么。（你可以称这部分为引言。）不要一开始就讲明总结部分才给出的高潮。但是，你要让读者明白你要带着他朝哪儿走。顺便说一句，我这里用了"引言"这个词，意思是介绍性的话语，指的是开头段落，或表明题材的内容，不是序言之类的。序言属于一本书（参见第九章）。一般而言，文章前面不需要什么正式的引言，当然了，有些写作课程就是这样教的。那样太矫情。

在非虚构文章中，"高潮"部分就是给出观点。有可能只需要一个段落，也有可能需要数页的篇幅，没有规定。但是，在准备大纲的时候，你必须记住你的出发点（你的题材）和你的目的地（你的主题——你想要读者得出的结论）。这两点决定了你组织文章的方式。好的虚构作品，高潮（你必须提前安排好）决定了前面所需要的铺垫。非虚构作品也是如此，结论的高潮就是你前进的方向，你需要一步一步地带读者走向高潮。

如何引导读者走向高潮？你需要思考读者需要知道什么才能认同结论，这决定了文章的内容。你要选择最能说服读者的内容，要从题材的语境中进行选择。你不能想当然地认为读者是白板。如果他们是白板，就没办法读懂你的文章。但是，你也要明白，你写文章并不是为了当读者的老师。你问读者需要知道什么，只是就文章的题材发问，与读者的整体知识无关。

你必须注意文章的篇幅。最开始，这可能有难度，但有了经验后，预测就容易多了。一开始，文章的涵盖面往往会过于广泛。比如，你按大纲写作，有十点内容要讲，才写了第一点，就发现拟定篇幅已经过半。题材宏大，可覆盖的内容太多，就会遇到这个问题。其实你后来发现，按照你的大纲，你得写三篇文章，而不是一篇。但是，有章法的文章（即按照有章法的大纲写出来的文章），文章的篇幅完全是可控的。

我并不是说，你可以准确估计文章的页数。但你自己到底是在写一页的短文，六页的文章，还是篇幅不定，你必须有概念。你必须调整主题，定一个大概的篇幅，比如不少于五页，不多于八页。这只是一个估计，不是绝对的数字。设定好能够完成的篇幅下限，再设定上限，就有了大致的标准，可以判断文章应该有多少细节，哪些是关键点，哪些属于可有可无的子范畴或支线。

你要明确自己的主题，这一点很关键。比如《不可解释的心灵淬炼》的主题是：苏联和美国的最优秀的年轻人的困境，以及两者之间的比较。这样的主题包含很多内容。

我的下一步就是判断题材中哪些要点能够表达这一主题。接着，我把这些要点一一罗列出来，从中选出最重要的，那些就是我必须要说的。其他内容呢？就不要了。

主题就是标准，你用这一标准来判断取什么，舍什么。如果有一条支线挺有趣，你很想写到文章中，那就问一问自己，在展示主题方面，这条支线有没有必要。反过来，如果要摒弃某一点，问一问自己，如果没有这一点，你是否还能充分展示主题。

文章的逻辑顺序也取决于主题。你定下了主题，说服读者的步骤也写好了，你发现可以用不同的方式来安排这些步骤的先后顺序。（现在还是在大纲之前的阶段。）但是，要让整篇文章逻辑连贯，就需要寻找步骤之间的因果关系。要得出结论，你必须知道什么？读者要得出结论，需要知道什么？这两个问题，你再过一遍，就会找到步骤之间的先后顺序。非要说逻辑连续性的规则是什么，那最贴近的答案就是：遵守因果关系，判断哪个是因，哪个是果。

大纲应该有多长，应该有多少细节，没有定论，完全取决于个人：做一件事情，行动计划要有多详细，这必须由你自己来判断。

大纲的细节水平取决于你对题材了解的程度，以及文章的复杂程度。我建议用下面的方法来测试。制定大纲之际，如果只是"大概"知道想说什么，某些点难以明确表达，那你就需要更多的细节。另外，如果你都开始觉得厌烦了，某个点只需要几行字，你却写了大量的内容，那细节就太多了。所有这些思维活动，你都是唯一的裁判。

分层来写，也有用。首先，制定一份简短的大纲，然后在某些点上进行扩展，做出一份介于粗略的大纲和初稿之间的东西，而这一切都在你写稿之前完成。对自己要诚实。动笔之前，想一想，要彻底厘清文章，你要怎么来制定一份有要点、有条理的一览图。想一想大纲的目的。大纲就是你的蓝图。只有你才知道大纲需要扩展到什么程度，什么东西是逻辑上不言而喻的。

有些人认为，大纲应该非常详细，结果大纲的篇幅几乎就是之后文章的长度。这再糟糕不过了。这不是大纲，这是初稿。什么是初稿？就是详细的长文，句子没有打磨，分析解释也不够细致。但初稿不是大纲。大纲写成这样，你已经跳过了大纲阶段。坐下来，写一份长的大纲要容易些，但调整文章结构、浓缩内容，就更困难。

我并不是说必须以"大标题"的格式（即不完整的句子）来写大纲。如果是有经验的作者，或者对题材非常熟悉的人，也可以这样。然而这种格式可能具有欺骗性，你可能觉得自己说得很清楚了，但写的时候还是会偏离大纲，其原因是大纲不够准确。另外，大纲太过详细，就跟没大纲一样。所以，我强烈建议新手写简短的大纲，但句子要完整，符合语法。

写大纲的时候，不要写"介绍—过程—结论"，这太抽象了，没用。你需要的东西要比这个具体得多。比如说，要写一篇文章评论尼克松政府。你在大纲上写"引言"，就过于宽泛。你应该写，第一点："引言——到目前为止，我对尼克松的行为不满而且不解，给出大致的原因。"这样写非常概括，文章不应该这样写，但作为大纲就够了（而且语法正确）。接着，换一页纸，列出你不满的要点。假设你对他在越南、福利和税收方面的立场不满。假设在这三方面中，你觉得最重要的一方面，即最糟糕的是他的福利政策，为了渐进的戏剧效果，你可以把这一点列在最后。（如果你把最反对的事情放在了第一位，就降低了戏剧效果。）然后，你写第二点："尼克松的税收政策——指出他如何违背竞选承诺，他延续约翰逊政府税收政策的危险所在。"这些都是互有关联的句子，不是大标题，足够具体，指明了这一部分要呈现的内容。

接下来是第三点，大致可以这样："尼克松的越南政策——简短概括约翰逊政策错误的本质；指出尼克松以何种方式延续同样的政策；指出尼克松没有新角度的表现。"

这只是一个梗概，却界定了你在尼克松越南政策方面要说的内容。高潮部分，也就是第四点：他继续执行的福利政策。在第四点下写："福利——他洗牌各种机构，却没有废除不当项目。一边是'向贫穷开战'的口号，一边不断做出福利国家的承诺，在两者之间摇摆。"你甚至可以在这一点下写："为了说明问题，此处要有引用。"接着列出事实，表明他的福利政策不确定。最后，到了第五点，你的结论。既然是评论文章，你就要给出总结，不要让读者去猜。所以，第五点，你可以这样写："结论——我认为我们可以多给他一些时间，虽然我高度怀疑这届政府不行，但我还不能确定。"或者："我认为，从他的所作所为足以看出，人们对他的政府已经没有了指望。他是另一个约翰逊。"

一开始，你脑子里就应该有自己的结论（不一定是一字不差）。下笔写文章之前，就要知道自己的观点是谨慎的乐观主义，谨慎的怀疑，还是绝对的悲观。到了制定大纲的时候，尽可能明确地写下你的结论（但不一定要详细）。有了明确的结论，就会有明确的布局，有助于写作的实际进程。写作的过程中会产生疑惑，特别是有关支线问题或展开论述的疑惑，你的结论就是参照点，可以据此判断是否要把相关内容写到文章中。

结论是制定大纲最好的标准，结论要明确。你"大概"

知道自己想要说什么，不完全精确，就会遇到最麻烦的问题。事实上，从完整的认识论角度而言，除非你能用符合语法的句子表达自己的想法，否则你就是不知道自己想说什么，你只是有了素材。从这一角度而言，大纲有助于规范并巩固你的知识。

你到底需要什么样的大纲呢？这取决于主题的性质，因此无法给出绝对的规则。"引言部分设置三个段落，论证部分十个段落，结论一个段落"，这是一种古典主义（我在《什么是浪漫主义？》①中对此进行了讨论和谴责）。它用具体代替抽象，成了一种人为的约束，逼迫你把材料挤进设定的框架中。这世上有普遍的原则，但如何在具体的文章中应用这些原则，没有定论。

到目前为止，我给出的都是正面意见。接下来，我要谈一谈制定大纲时应该避免的通病。

支线的诱惑

此处，"支线"的意思是：（1）与题材和主题相关，但

---

① 在《浪漫主义宣言》中安·兰德写道："古典主义……是一种（文学）流派，它设计出一套武断的、具体而细致的规则，试图代表审美价值的最终和绝对标准"（104页）。

并不是必要的部分；（2）来自全新领域的内容。这对非虚构写作的危害非常大。比如，你在谈论政治，然后你发现物理、心理学或美学方面的支线很精彩，就想把这些内容挤进来。这足以毁掉你的文章。

你的知识面越广，越具有整合性，就越容易受到支线的诱惑。这种诱惑源自一种良好的心理-认识，因为你本应该在所学的知识之间建立联系。但是，写文章不是学习，而是交流知识。因此，在制定大纲之际，你必须打破自己的知识框架，判断哪些是关键点，哪些只是有趣的支线。如果是支线，就去掉（对新手，更是如此）。

柏拉图式的逻辑顺序

说到大纲，有一种危险的错误认识，即只有一种可能的逻辑呈现顺序。

大纲与几何定理有相似之处，如果从这一角度出发，那就只有一种顺序。但是，写文章，不要受限于这种三段论的抽象理念：前提 A、前提 B、结论。文章的确可以遵循这种模式，但是，每一部分都有很多你必须选择的细节。文章非常简单，主题也非常简单，才可能只有一种逻辑顺序。凡是有价值的题材都不会简单到只有一种逻辑顺序。

假设文章的题材是政治。某个作者认为只能有一种逻辑顺序，按照这种顺序，应该先讨论选举，然后是税收，最后是福利国家。但接下来他就晕了："或者应该全部反过来？或者第二点变成第一点，第三点变成第二点？"很多人用柏拉图的观点思考，认为有唯一的"理想"顺序，却不知道这一顺序是什么，就随便写，等于完全没有顺序。

决定大纲逻辑顺序的原则是什么？是包含了大量具体事物的抽象理念。你可以规定如何使用这些原则，但不要规定如何运用具体事例。没有哪套原则可以给你唯一的逻辑顺序。

局限于具体的逻辑顺序

很多人的大纲局限于具体的事例，这影响了他们的文章结构。这些作者认为，文章由一系列单独的点组成。比如第一点在逻辑上导致了第二点，但是第二点与第三点之间没有关系。第三点也许与第四、第五点有关系，但为什么文章还有第六点就没人知道了。结果，逻辑联系就是段落与段落之间的关系，或者说是次序，但文章的整体性不好。读完了整篇文章，也不确定作者的主题是什么，也就是说，文章似乎没有围绕任何中心话题展开。

这不是知识或内容方面的错误，而是写作过程中没有合适的大纲。写句子或段落的时候，作者当然应该专注于细节，但局限于具体事物，完全就是短视。他没有看到整篇文章。他没有把整体连续性放在心上，也就是说，他没有关注每部分与其他部分的关系。

文章的整体性要好，大纲就要详尽。所谓详尽，要求的是清楚明白，而不是细节淹没了要点。整个写作过程中，你需要把握要点，以保持抽象的整体性。

错把关联性当成逻辑连续性

有些新手写大纲，就像把一个个思想碎片扔到纸上。例如，有的作者决定写一写某种主义。他有很多相关的想法，颇有灵感地开始了写作。他理解的连续性就是内容与这种主义有某种关联。他觉得这些东西可以整合成连贯的观点。以这种松散的方式思考题材，没有什么错，但你只是在想，还没有开始写。不要把这等同于大纲，其实它正好是大纲的反面。

我建议这样做。下面，我会给出我的一篇短文。你要做的就是写一份有执行性的大纲。我想帮你学会如何分析或重建已经写好的文章，然后再写出你自己的大纲。(之后，我会附上我写这篇文章使用的大纲。)

我在大纲中使用的是大标题句子，没有用符合语法的完整句子。如果经验丰富，即便用速写符号，也知道自己说的是什么。但是，作为新手，要最大限度地利用大纲写文章，请使用完整的句子。

阅读下面这篇文章，写下文章的**要点**，就能从中看到文章的整体逻辑顺序，从而明白这样安排段落顺序的原因。

以下便是这篇文章。

人生不需要妥协吗 [1]

妥协，就是以相互让步的方式来调整有冲突的主张。这就是说，妥协的双方各自的主张中都有站得住脚的部分，而且双方都能给对方提供某些价值。即双方都同意某种基本原则，这一原则就是他们交易的基础。

只有在双方都接受基本原则的情况下，针对具体或细节方面的东西时才谈得上妥协。比如说，买东西

---

[1] 安·兰德，《自私的美德：自我主义的新概念》(纽约：新美利坚图书馆，1964)。

可以讨价还价，最后双方在要价和还价之间的某个数字上达成统一意见。在这种情况下，双方共同接受的基本原则就是贸易的原则：买方必须出钱购买卖方的产品。如果卖方想得到钱，而所谓的买方却不愿付出任何东西，那除非一方完全放弃，否则双方之间就不会有妥协和讨论的空间。

财产拥有者和乞丐之间不可能有妥协的情况；把自己的银勺给乞丐，这不是妥协，这是完全的放弃——银勺拥有者放弃了拥有银勺这一财产的权利。那么，作为回报，乞丐提供了什么价值或者让步呢？一旦单边让步的原则成了双方关系的基础，那么乞丐巧夺豪富就只是时间问题。

自由和控制之间没有妥协；原则和基本问题方面，没有妥协可言。你觉得生命和死亡之间的"妥协"怎么样？正确和错误之间有妥协吗？理性和非理性之间有妥协吗？

然而，今天，人们谈论"妥协"，说的并不是合法的双方让步或交易，而是背叛自己的原则，是对无理的非理性要求的单边投降。这一信条的根源是伦理主观主义，这种观点认为愿望或心血来潮都有不可反驳的道德基元；每个人都有权得到他可能想要主张的愿望；在道德有效性方面，所有的愿望都是平等的；人们要和睦相处，那就要屈服于所有的事情，与所有的人达成"妥协"。谁会因为这样的信念而得利，谁会因为这样的信念而损失？

这一信念不道德，如今日常生活中使用的"妥协"一词暗含了道德背叛，为什么呢？事实是，它要求人们用伦理主观主义替代所有人类关系中的其他原则，要求人们牺牲一切，让步于另一个人的心血来潮。

谁会提出"人生不需要妥协吗"这个问题呢？通常是那些不能区分基本原则和具体愿望的人。接受了不如意的工作不是"妥协"。接受雇主的命令，按照他的要求来做工作，不是"妥协"。吃了一块蛋糕，没能再有一块，不是"妥协"。

正直，并不要求人忠诚于主观的心血来潮，而要忠诚于理性原则。"妥协"（从这个词的不道德的意义而言）不是与人的舒适相违背，而是与人的信念相违背。"妥协"的含义发生了变化，不是去做不喜欢的事情，而是去做明知不好的事情。在"妥协"的新含义之下，自己并不喜欢音乐，陪着丈夫或妻子去听音乐会，这不是"妥协"；屈服于对方的非理性要求——不愉快的社交、虚假的宗教操守、慷慨地对待粗鄙的姻亲，这是"妥协"。与雇主的观点不一致却为他工作，这不是"妥协"；装作与他观点一致，这是"妥协"。出版商对手稿提出了修改意见，作者看到了这些建议中的合理性，做出修改，这不是"妥协"；违背自己的判断和标准，为取悦出版商或"公众"而做出改动，这是"妥协"。

以上所有情况中，给出的借口是："妥协"只是暂时的，用不了多久就可以回归正直。但是，如果屈服于丈夫或妻子的非理性和鼓励他们的非理性，就无法纠正他们的非理性。帮着宣传自己理念的对立面，并不能成就自己的理念。作者不可能"等到名利双收"再给喜欢自己垃圾作品的追随者贡献一部文学大作。如果一开始就很难忠诚于自己的信念，那接下来只会连续不断地背叛，只会助长自己没有勇气反抗的邪恶。因为这样的"妥协"，以后就能顺利坚守自己的信念？当然不会，而且根本就没有了这种可能性。

道德原则上不能有妥协。"在食物和毒药之间进行妥协，胜出的只能是死亡。在善良和邪恶之间妥协，获利的只能是邪恶。"（《阿特拉斯耸耸肩》）下一次，如果你还想问"人生不需要妥协吗"事实上就相当于问"人生不需要放弃真善、屈服于错误和邪恶吗"。愿意这样做，得到的只能是长年的折磨，逐日递增的自我毁灭，而这正是人生所不允许的。

下文是我写这篇文章时用的大纲。

　　题材：妥协的道德意义

　　主题：妥协的邪恶

　　1. 定义妥协。妥协的基础。

　　2. 基本原则。不应该妥协。

　　3. 现代观点：伦理主观主义。所有的愿望都具有平等的正确性。

　　4. 混淆的原因是没能区别抽象的基本原则和具体愿望。什么是妥协，什么不是，举例。

　　5. 妥协在道德原则方面的形而上意义。

　　新手不应该写这样的大纲，不够详细。但是，这份大纲执行起来很容易，而且很容易组织细节。你可以先写一份这种大框架的大纲，然后再加入必要的细节，免得漏掉细节，或细节的位置安排不当。

　　有时，作者还没有想好用什么细节来说明问题，太过抽象，就会妄言断语。另外，作者的细节可能很丰富，却失于条理，也就缺少整合性。大框架的大纲能够避免你犯这两个错误。

新手可以这样扩充我的大纲。比如，在第一点加上"妥协"的实际定义，还可以定义相关的含义：

1. 定义妥协。通过双方让步，调整冲突的主张。

（1）妥协需要以基本原则为基础。

（2）正确的妥协前提：

① 双方的主张中都有站得住脚的部分，双方都能给对方提供某些价值。

② 双方都同意某一根本的原则。

③ 妥协的是某一具体的事物，不是原则。

或者，你可以扩充第五点：

5. 妥协在道德原则上的形而上意义。"人生不需要妥协吗"事实上就相当于问"人生不需要放弃真善、不需要屈服于错误和邪恶吗"，这正是人生所不允许的。①

---

① 更多安·兰德的大纲，参见附录。（编者注）

　　我要用两个方法论的观点来总结对大纲的讨论。

　　最重要的是我称之为"乌鸦认识论"①的东西。大纲的目的是让你把握文章的**统一性**和**整体性**。这就是为什么我强调，每个人要按照自己的目的来制定大纲。大纲的具体格式取决于题材和主题，取决于你需要多少细节才能掌控一切。所以，最开始，大纲可以概括一些，有个整体把握，在动笔写文章之前，再加入必要的细节扩充大纲。文章的整体结构及文章的具体大纲，两个方面都需要清楚。

　　写文章之前，一定要知道自己文章的结构是否清楚，是否有条理，是否有恰当的界限。如果连文章的抽象构架都不清楚，你就没法把控文章的整体，也没法控制文章的局部，问题就会很多。比如，你可能会走进支线，文章就立不起来。

　　脑子里的大纲太狭窄、太详尽时，就对自己说"这是我的题材、素材，现在，我该做什么呢"，退后一步，看一

---

① 这是安·兰德基于一个试验（参见《客观主义认识论导论》，第二版，第62页）自创出来的词。这一试验说明，每一次乌鸦在显意识中存在的东西是有限的。这一局限，经过适当的修改后，同样适用于人类。安·兰德写道："既然意识是一种特定的功能，那就有特定的本质或身份，因此它的范围也是有限的：意识不可能一次性理解所有东西，因为它在所有的层面上，都要求一个主动的接受过程，不可能同时做所有的事情。无论需要处理的任务是感知还是抽象的概念，在给定的时刻，人显意识层面可以存在的东西都是有限的。"（第63页）

看整体。"退后一步"的意思是说，进入抽象的层面，即按照要点浓缩素材，从抽象的角度审视内容——尽可能地抽象，把握概貌。到了那个阶段，就掌控了局面。

事实上，这是制定大纲前的阶段。有了题材、主题，以及大量无序的素材，才是开始。接下来，写概括性的大纲，然后扩充成更详细的大纲。如果你做不到，就先制定一份详细的大纲，再进行抽象概括。整体概貌有了，详尽的框架也有了，你就可以真正开始写文章了。

第二个方法论是亚里士多德的目的因概念。在亚里士多德的四因说①中，我们的生活中持续发挥作用的是目的因和动力因。动力因在物质层面运行：有特定的行动者的起因，就会有特定的效果。目的因与意识有关。（亚里士多德认为目的因也适用于自然，但那是另外的话题。）

亚里士多德的目的因，指的是提前设定一个目的，然后决定达成这一目的的步骤。这是人类意识的因果过程。无论做什么，你必须知道自己想要什么。比如，你决定开车去芝加哥，那么要走的路线、汽油量等都取决于这一目

① 四因说是由亚里士多德提出的理论。亚里士多德认为，世界的运动变化受到四类因素的影响，即质料因、形式因、动力因、目的因。质料是事物的性质和内容，形式是事物存在的方式或状态，动力是事物在质料和形式之间不断变化或运动的力量，而目的则表明事物发展变化的目标状态或原因。

标。但是，要到达芝加哥，你就必须执行动力因的过程，包括加满油、启动汽车、驾驶，等等。你要遵循客观世界的规则。整个过程，是一系列为了达到目的而选择的行为，目的是去芝加哥。

人类活动中，目的因最重要的领域莫过于创造性的工作，尤其是写作。为了写出好大纲，再据此写出好文章，你必须启动目的因的过程。你必须设定明确的目的，即明确题材和主题。这就是目的因，目的决定了大纲和文章的内容。

总而言之，要制定一份合适的大纲，你最需要的是：（1）要点，以及区别要点和细节的能力；（2）因果，以及在呈现观点中建立因果关系的能力。有了这两条最重要的指南，你的大纲大概率就错不了。

第六章　草稿：潜意识至上

写作涉及显意识和潜意识两方面。这是一个重要的心理-认识论事实，影响到写作的每个阶段。不用潜意识，就没法写作（或者说话）。虽然现在我们还没有彻底了解潜意识的作用，但也知道几个有用的原则。

总的来说，如果不知道什么时候使用显意识，什么时候依赖潜意识，写作时就会遇到问题。当然，我们随时都在用这两种意识：没有潜意识的存储作用，显意识就无法运作，但仅依靠潜意识（除非是在梦游），也是无法写作的。区别在于，准备大纲、编辑改稿的时候，显意识占主导地位。你会自然而然地运用潜意识对题材的了解，或者让潜意识帮助灵感整合，但指挥这一过程的是显意识。然而，到了实际写稿的时候，显意识必须坐到驾驶座上。显意识确保你处于专注的状态，确保你知道自己在写什么，确保你朝着正确的方向驶去。但是，为了**执行**目标，你依赖的是潜意识。

你不可能在完全显意识的状态下写作。我说的是"完全显意识"，意思是，你的决定都源于你完全专注的理性的认知。你试一试，就会发现一个句子都写不出来。如果你想通过显意识的决定来选择每一个词，那可能要花上数年的时间，因为你不得不在分类词典中把每一个词都查一遍。而且，等你查了几个单词，可能已经忘记了要说的话。

你可以做个实验，让自己处在显意识的状态，找一个人，跟他讲讲你上午做了什么。关注你说的话，关注你的用词是否正确，句子结构是否恰当，等等。会怎么样呢？你会结巴得不成样子，几乎一句话都说不出来。如果你要用这种过度关注显意识的方式来写作，也是一样的情况。说话也好，写作也好，你必须依赖你的潜意识，让二者自动整合。

我们说话的时候，仿佛词语一个接一个自动就出来了，仿佛造句和思想是同步进行的。它们当然不是同时进行的。如果你观察孩子学说话，或者自己学一门外语，就会发现语言并不是天生的、自动的，而是习得的技能。然而，到成年，语言已经整合到了相当好的水平，从思考到语言的过渡就迅速而自然地发生了。

写作的过程中，你需要在潜意识和写下的文字之间建立同样的关系。任何一种题材都有复杂的地方，这种联系就不可能如此自动，或者说不可能完美。这就是为什么我们要修改稿子。但是，在你写的时候，不要边写边编辑。不要在写的过程中过于刻意。开始写初稿了，就让字词自动流出来。不要提前思考你的句子，不要审判自己。

想要有自然连贯的整体风格，就不要在写作的过程中刻意雕琢。让潜意识做主，让句子来找你。你写出来的东西可能粗糙，甚至有语法错误，但现在不要改，之后再改。

你的大纲确定了方向，那就是你潜意识中的常态次序。你知道自己要写的题材，知道自己想要说什么，但是，关于**怎么说**的问题，你必须信任**当前的**潜意识。

觉得自己可以超水平发挥，这是强自己所难。无论你的潜意识处于何种状态，无论你有没有必备的写作技巧和对题材的了解，它都是你唯一的工具。所以，不要要求自己做不可能的事情。不要想当然地给潜意识设定标准。你可以之后再执行修改稿子的标准；在写作的过程中这样做，就成了折磨，而且无果。改稿的时候，你可以判断潜意识的状态，甚至总结出自我提高的原则。但是，写的时候，你必须遵守这一前提：运用我的潜意识，好坏都用它。你必须运用潜意识，因为你没有别的选择。

潜意识并不是有自主思维的实体。它就像计算机，在其知识和训练的范围内，运行显意识的命令。在写作的过程中（如果仔细观察自己的内心），你会发现潜意识非常敏感，使用时要小心慎重。比如，潜意识会准确反映出你最关心的东西。如果你关注的是大家是否会喜欢你的文章、你的自尊、文章是否漂亮等，那你一个小时都挤不出一句话，而且还会奇怪自己的思维为何是一潭死水。原因就是潜意识在服从你的命令。你的潜意识服从于你，就不会关注写作。它忙于自我评价（比如，你是否有天分）或改稿（比如判断你的句子是否优美）。结果，你就无法往下写了。

写作的时候，要尽可能地自以为是。"自以为是"这个词并不准确，但我想要夸张一下。你必须拿出所有的自信心。只要坐下写东西，就要把自我怀疑抛到九霄云外，在改稿的时候，如果你愿意，可以重拾自我怀疑。有时，看到自己写的东西，可能会自我怀疑（如果第二天看自己写的东西很失望，这应该是暂时的），但是，在写的时候，你就是上帝绝对的宠儿（如果这世上有上帝的话）。把自己当作说一不二、至高无上的主体。忘掉人总是会犯错，你也会犯错。人肯定会犯错，这是真的，但要等到第二天，等你改稿的时候再说。

写作的过程中，要信任自己的潜意识，仿佛它事事都正确。这是给自信心提前投票。这不是自我迷惑，思维越自由，就会越清楚地展示出它在这件事情上的能力，这是真的。在没有压抑或自我怀疑的状态下信赖潜意识，就会让潜意识发挥出最佳表现。事实上，为了达成你写作的目的，也只有发挥潜意识的创造力，因此你必须信赖它。自发状态下潜意识能做到什么样，就是什么样，不可能做到更好。改稿的时候，你可以做到更好，但在写的时候，不要回头，一直往前走。

写的过程中，你的显意识应该关注你的题材。你必须关注题材和主题，充分信任自己的能力，相信自己的话有分量，然后让潜意识来组织措辞，表达你想要说的内容。你想说什么，以什么样的顺序说——这些要提前决定好，写在大纲里；如果有疑虑，那也要在写大纲的时候解决。但大纲是非常具有概括性的，你无法精确地预测你会说什么。只有在写的过程中，你才知道自己会说什么。为了写的效率，在写稿的时候，一定要对题材有清醒的认识，尽可能地清醒，不要写一个句子停顿一下。

这就是要信任自己的潜意识。潜意识要井然有序，在写作的过程中你需要关注的只是题材，并尽可能清楚地呈现题材，这是写作过程中绝对的标杆。如果你的意识外围还有什么干扰，比如让你分心或自我怀疑，忽视它；如果无法忽视，就不要继续写了。一半的心思在题材上，另一半的心思在不相干的问题上，就不要写。

写最简单的句子，也需要潜意识的联结，需要对题材的了解。即便是一篇短文章，你知道的也需要远远超过写下来的。写一本书，你必须知道相当于十本书的内容，这样你才能有选择性，才能对自己所说的内容有把握。但是，如果你对潜意识说"我对题材有一些了解了，等到写的时候，遇到不清楚的，再来想明白"——永远不会有这样的时候。潜意识会停止运行，因为它无话可说。

有人问过我：是在初稿之前就把所有的想法搞清楚呢，还是一边写一边了解呢？我的回答是，一边写一边了解偶尔可以做到，但如果要刻意为之，那就只有上帝才能帮助你。**不要一边写一边思考**。大纲清楚明白，有助于避免这个问题。有了大纲，你在写的时候，就能全神贯注于用客观、符合语法的形式来表达思想。

思考和表达，这是两件独立的事情，不可能同时做。如果要同时做，花费的时间就比分开做长得多，而且痛苦得多。因为你给潜意识下达了矛盾的指令，你说的是："我必须表达某个东西，但我不知道这东西是什么。"

没错，动笔之际，你可能对题材有了充分的了解，但写着写着，你突然有了新的角度。也许你会遇到从未考虑过的问题。这时候，完全可以放下笔，好好思考。也许灵光一现，你立刻就找到了答案。但是，开始动笔时，脑子里不要有问号。

写的过程中，不要停笔太久（最好是不要停），这是关键。如果你准备了两个小时来写作，那么就一直写，不要停。（除非是写手，除非特别有灵感，不停写作的时间不会超过两个小时。）如果能不停地写，你的作品很有可能不怎么需要修改；如果每写一个句子，你都停下来读一读、改一改，那改稿的时候麻烦就大了。过度的批判意识是写作过程中的最大障碍之一。

写的时候，脑子里自动浮现出更好的表达，那就修改。这样的修改依然属于潜意识运作的范围：潜意识给了你初始数据，接着又提供了更为完善的数据。但如果需要切换到显意识状态，就不必了。

我发现，写的时候，最好的方式不是一句一句地写（之后我就会谈到这一错误），而是一个小节、一个小节地写。我说的"一个小节"，指的是大纲里的一个小标题。大纲可以分为若干个小节，每个小节代表观点发展的某个阶段。最好的写作方式就是按照小节来写，小节篇幅太长的情况除外。

　　动笔之前，看一看自己的大纲，然后就不要停下来——不要修改，不要看大纲，一直写，直到你写完这个小节的内容为止。比如说，你大纲的第一个小节是"陈述主题"，你知道自己想要说什么，就不要停下来。写完后，你再看大纲，看第二小节的内容是什么。

　　这也不是绝对的建议。发现自己糊涂了，卡住了，进入了旁枝末节，就需要停下来比对大纲。不是必要的情况，想写得快，文章整体性好，就不要把大纲盯得太紧。训练自己，不用反复查看大纲。如果不断地查看大纲上的同一点，行文就会呆板僵硬。不断重复大纲上概括性的句子，自己就无话可说。原因在于：你给潜意识下了命令，让它只关注写在大纲上的内容。

　　大纲确定的是方向。脑子里要有明确的方向，但要让自己自由地表达。

　　我不可能逐字逐句地教你该怎么写。我只能提供一套方法，一种有用的基本原则。掌握这些方法，避免疑惑，省去了慢慢发现这些道理的过程。为了达到这一目的，我想提醒大家避免一些错误或者问题。它们都与潜意识在写作过程中的作用相关。

辗　转

"辗转"是我丈夫弗兰克提出来的，描述的是一种非常普遍的写作状态：你在写某个小节或某个章节时，突然就发现自己的脑子不动了。完全没有任何先兆。

比如《阿特拉斯耸耸肩》这本书，有些小节的内容很难，我都准备好了，觉得会遇到麻烦。但写到这些部分的时候，几乎自动就完成了。有些小节，我觉得胸有成竹，可写到这些部分的时候，数日写不出一个字。我写不出来，却又无法搁笔不写。

我丈夫观察我的行为，称之为"辗转"。这种时候，我通常不会与人讨论我写作上的麻烦。但弗兰克看得出来，我内心十分痛苦。这可能是一种最糟的心理感受吧，无疑是写作中最痛苦的状态，但是，这种状态一旦解决后，就仿佛没有存在过，而且最后的结果也令人满意。我也只能这样安慰你了。

我就这一问题问过很多作者，他们都经历过。唯一例外的是好莱坞的两个写手，他们从早上九点工作到凌晨一点，日复一日，每天写的字数都差不多，从来没有遇到过任何麻烦。当然了，从未经历辗转，他们的作品也就那么回事。有能力的作者都经历过这一过程。

艾略特·哈钦森写过一本好书，书名是《如何创造性地思考》①。他在这本书中细致地讨论了辗转的状态。他有自己的一套术语，这种内心冲突结束的时候，他称之为"洞见的时刻"。他有些地方讲得很好，给出了恰当的建议。

我来描述一下自己的确切感受。突然，你发现潜意识不再运作。显意识状态中，你明白自己想说什么，但就是说不出来。你发现自己写作就像高中生，所有的句子都是"猫在垫子上"这种扁平的风格，就像一份干瘪的总结，呆板而造作。你甚至做不到清楚明白。这种状态下，我就不强写。如果强迫自己写，那整天都得在痛苦中度过。而且第二天早上一看，昨天写的一个字都不能用。

辗转之际，你觉得自己对写作一无所知，仿佛自己根本就不可能写东西。我理智地告诉自己，我写过东西，但此时此刻，我在情绪上，已经不知道什么是写作了。与此同时，你感觉解决方案仿佛就在眼前，如果加把劲，就能突破。你几乎就要有罪恶感了，你觉得只要真正想做，仿佛就能有所行为，可是，你拼命想做，就是什么都做不了。

《阿特拉斯耸耸肩》的大部分内容都是在这种状态下写出来的。之前，我已经写过《源头》和《我们活着的人》。

---

① 纽约：阿宾顿-科克斯伯里出版社，1959。

到了写《阿特拉斯耸耸肩》的时候，我写作更为娴熟，却有了最难熬的辗转时刻。《阿特拉斯耸耸肩》这本书，写了六页纸，最后留下来的只有一页，这是折磨。的确也有灵感如泉涌的时候，但很少，就像得奖一样。

如果你写的东西很复杂，就会经历辗转的时刻，形式可能不一样。主要原因就是潜意识的矛盾。就我而言，在显意识层面，我制定了大纲，我非常清楚自己的题材和主题。但是，我却没有意识到有那么多种可能性，有那么多不同的方式来表达主题，而我并没有做出明确的选择。因为主题的复杂性，我没能提前在众多可能中做出选择，潜意识就遇到了麻烦。

《阿特拉斯耸耸肩》这本小说，因其整合的复杂度，我有了痛苦的辗转时刻。我不得不慢下来，要整合的内容的确远远超过了《源头》这本书。比较这两部小说，特别是它们的主题和句子结构，你就会发现《阿特拉斯耸耸肩》这本书的工作量大得多。我不断地写，不断地打磨，不断地重写，最后达到了自己满意的效果。

另一个原因就是我并不熟悉《阿特拉斯耸耸肩》的背景。尽管我做了足够多的调查，但要预测科学家的感受、达格妮·塔格特经营铁路的感受等，还是压力很大。毕竟，我不是自然而然地根据自己的经历在写作。我不是建筑师，之前写《源头》，也要做同样的背景调查，但只需要调查一种行业。我在《阿特拉斯耸耸肩》这本书中尝试了多个不同行业的视角，没有一个是我自己的视角。（除了小角色休·阿斯通，他的部分视角是来自我的。）

一旦遭遇辗转，就是潜意识层面中写作意图方面出现了冲突，仿佛脑回路打结了。你的潜意识正在努力解决矛盾，而这一切发生在潜意识层面，你无法立刻辨别，只是感觉脑子不动了。

如果内容并不复杂，那可能是你想表达的主题存在矛盾。比如有两个关系非常紧密的角度。你在这两个角度之间摇摆，潜意识就短路了。这是不确定的问题。你自认为已经明确了想说的观点，但到了写到纸上、要阐述发挥的时候，你就不确定了，潜意识的运作也就因之而瘫痪了。

造成辗转的另一个原因可能是知识的欠缺。比如，你发现自己知识储备不够，无法处理题材的某个方面。这也会让你突然无法下笔。比如，你需要举一个例子，却想不出来。你的潜意识不确定该怎么办，就卡死了。一个相关原因是，你对题材的处理悬而未决。你大致知道自己想说什么，大纲写出来似乎也够，但等到落笔的时候，突然发现在某个点还需要多思考一下，你就再次卡住了。

这些问题刚出现的时候，你没法察觉。你的潜意识就像一道闪电，速度很快，显意识捕捉不到的，潜意识可以捕捉到。就是说，潜意识收到了矛盾的命令，不会抓住不放，而是立刻识别出其中的矛盾，然后就停止工作。

解决辗转的时刻，可能是写作中最痛苦的事情。一旦遇到了辗转的时刻，你必须放下笔去解决问题。就我对心理-认识论的理解，这是走出辗转困境的唯一方法。最糟糕的莫过于，认为既然是潜意识的问题，那就休息一下，看看书，看看电影，让潜意识自己解决问题好了。它解决不了。采取这样的休息方式，是在延长痛苦。越往后拖延，解决问题的可能性就越小。

问题是可以解决的，但必须在显意识的层面解决。你必须坐下，好好思考，即便不知道该想些什么，也要去想。自主地思考、坚定地思考，很难，但这是唯一的解决途径。

考虑问题的方方面面——障碍是什么，你想说的是什么，能否改用其他的角度。思考问题，解决问题，换不同的角度，可能最后都是死路一条。但是，千万不要泄气，思考的过程就是排错的过程，事实上你就是在解开潜意识的那个结。

如果你喜欢无缘无故地责怪自己，这样一天下来，你肯定要怪自己。我只有在辗转的时候才有这样的感觉。理智上，我知道这是技术问题，是专业问题。因此，最重要的就是，不要因为辗转，就觉得自己智力上、写作天赋上或自尊上有问题。

努力解决辗转问题的时候，你感觉自己仿佛在原地踏步。事实上，努力的过程，就是清除疑惑或矛盾的过程。比如，三天的辛苦后，第四天醒来，发现自己还得挣扎。该怎么解决呢？你还是没有半点头绪，于是开始思考另一种可能，突然就豁然开朗。答案仿佛从天而降，但你知道并非如此。（这就是为什么很多作者说，灵感来自上帝或精灵。）你渴望提笔，写得很顺利。最后一次尝试终于有了突破，一切都明朗起来，这不是偶然。正因为有了前面数日的折磨和试错，成功才成为可能。之前的努力没有白费，可当时你只感觉自己在浪费时间和精力。

排错，就是解开那个结。潜意识重获自由，又开始了整合。突如其来的"启示"就是潜意识终于整合了正确的元素。哈钦森在《如何创造性地思考》中指出，这就像牛顿被苹果砸中一样，有资格，才会被砸中。他解释说，牛顿之前如果没有思考万有引力定律，苹果砸在头上也无济于事。牛顿已经有了认知，只是没有整合成形。机缘巧合，苹果正好砸在他头上，启动最后一环，所有复杂的素材都整合成形。（我也听说，苹果的故事不是真的。不管是不是真的，它绝妙地诠释了这一创造的过程，同样也适用于写作和其他形式的创造活动。）

要解决辗转的处境，需要整合大量素材，错误的可能性很多，所以不可能马上完成。每一次，你脑子能处理的东西就只有这么多。然而，到了合适的阶段，突然就能找到解决方案，就知道了该如何整合。

（有时，作者在个人生活中遇到了与写作无关的问题，为了写作，他把那件事置之不顾。他强迫自己不去想那件事情，却没有意识到自己非常在意。那件事占据了他的潜意识，挤占了写作的空间。如果你遇到这样的情况，不要写了，解决问题吧。随着经验的增长，你很容易就能辨别一个问题是否与写作相关，是不是影响写作的外部因素。真正的辗转情绪是关于写作本身的。）

在《如何创造性地思考》一书中，哈钦森说，据他所知，要解决这个问题，只能不断地尝试，牢记尝试是所有创造过程的必要部分。读到这里，我大吃一惊。这与我反思后得出的结论一模一样。到目前为止，要解决辗转的情绪，还没有其他的方式。但是，如果你把它当作职业病，平静地面对，就能缩短痛苦的时间。等到有了回报，一切付出都是值得的。

然而，如果你对自己说，我完全不行，该找心理医生谈谈了。这样想，就是火上浇油。所以，不要怀疑自己。

"白色网球鞋"

另一个相关的问题是"伪辗转"，或者称之为"白色网球鞋"。数年前，我在《纽约客》上读到一篇文章，讲的是作者上午写作之前做了什么。她描写的东西具有普遍性。她坐下的时候，知道自己并不想写。潜意识就为她"免去"这一难题。她满脑子想的是她必须做的事情。要给朋友打电话，打了。想到数月没有通话的姑妈，通了话。想到她得从商店订货，下了订单。想到昨天没看完的报纸，就把报纸看完。她一直这样，最后什么借口都没了，只好开始写作。但是，突然记起夏天（故事是在冬天）没有洗的白色网球鞋，就把鞋洗了。这就是为什么我称这种症状为"白色网球鞋"。

要进入写作的状态，不容易，人可能会一直这样拖延下去。这是"伪辗转"：不愿意去面对艰巨的困难。这不是意志力的问题，而是心理-认识的问题。转换思维很不容易，但每次提笔写作，都需要转换思维。等习惯了写作，严于律己，就不需要转换思维了。这需要极大的专注力，很难办到。每个人都身兼数职，有很多正当的事情可以做，这些事情都比写作容易，也许不是洗白色网球鞋，但可以是购物或打扫房间。一边是日常的事情，一边要求你脱离现实的语境，高度集中注意力，两者对比，就知道哪个容易。开始写作之前，想要去做其他事情的诱惑一直都在。

要炼钢，高炉必须加热数周才能达到温度。作者进入写作的情绪，就像给高炉加热。没人喜欢进入那种状态，但一旦进入了，就不会想其他事情。如果有人打断了你的思路，你可能还会冲他发火。真正的辗转是因为矛盾和冲突存在，你无法写，但也无法关注写作之外的事情。你不可能去想那双网球鞋，即便房子着火了，你都不想管。但在"白色网球鞋"的影响下，你必须用意志强迫自己立刻放弃拖延，开始写作。

一个优秀的好莱坞作者教给我另一种可能的解决方案。他说，如果写完一个小节的内容就停下来，第二天很难继续。所以，写完一个小节后，他会把下个小节开个头，再停下来。有时，我觉得这一招有用，但不是绝对有用。写完一个小节的内容，如果非常清楚下一个小节怎么写，那么"抢滩"可以推进你第二天的工作。如果你还没有想好下一小节怎么写（经常都是这种情况），就不要强迫自己继续。

疲 惫

真正的疲惫是辗转和"白色网球鞋"之间的一种状态。工作时间太长，距离题材太近，就需要休息。脑子和身体一样，需要休息。人精疲力竭，文字陈腐无趣，那就休息一下。去看看电影，看看电视，听听音乐。不要去想文章的事情，感觉清爽了，再回来写。

内心是什么状态，自己要学会区分。到底是辗转，是"白色网球鞋"（此处，你只需要拿出意志力就行），还是累了（脑子不动了，意志力派不上用场，如果强迫继续，只是超负荷运转，折磨自己）。

绕圈子

写作不容易——构思不容易，写的时候也不容易，都需要思维的紧张度，这可能显得矛盾。

一般情况下，你一边获取知识，潜意识一边自动运行。知识获取之后，或许以不同于原来的状态储存在你的脑子里。最好的例子就是学说话，其他学习过程也一样。最开始，你是有意识地学习字词。等到说话时不用再摸索着找词，你就掌握了这一技能。这时，你的语言表达成了一种习惯，无法再回到学习语言的过程。脑子里的想法变成语言说出来，你不知道这一过程是怎么回事。但是通过学习外语，你就可以追踪这一过程。初学外语，你就能多少明白最初学说话的时候是怎么回事。你能从中看到知识自动化的本质。一开始，你有意识地专注于学习。你必须探索知识，有意识地使用。不断重复后，知识不断增长，你学的东西就自动运行了。这并不是天生的，但感觉像天生的。确切地说，是你忘记了学习的过程，留在脑子里的是结果，也就是技能——你不用再磕磕巴巴地说话，可以进一步获取知识。

我们一生都在学习知识，并让它自动运行（只要不是发育停滞，人人都是如此）。你的知识会不断增加，变得更复杂、更广阔。要掌控知识，就要让它自动运行。要确定某事，我们必须经历三段论的论证。但是，为了获取更多的知识，我们并不需要记住三段论论证的过程。慢慢地，知识变得不证自明，运用起来也变得自如。但如果你审视来龙去脉，就知道并非如此。所以，写作的不易之处在于：一方面，知识自动运行；另一方面，要在写作中呈现知识，则必须打破这种自动的状态。

很多时候，你想表达你认为足够清楚复杂的想法，却找不到合适的语言，或者不知道从何说起。你仿佛进入了循环：要呈现观点 A，就必须先解释观点 B；但是，没有观点 A，观点 B 就说不清楚。这很常见。题材在你的掌控之下，对你而言，它是清楚完整的整体，这是客观事实，并非臆测。但是题材的形式却是主观的，想要向别人解释，就不知道从何开始了。

人接受了结论，往往就忘记了推导的过程。注意防范这种倾向，就能部分解决不知从何开始的问题。比如，有人认为某种体制是最好的体制，他肯定知道自己并非一直这样认为，之前，他也可能倾向于其他的体制。确认某种体制是最好的，这是他习得的观点。最初有这样的看法可能是他在十多岁的时候，后来他才有了充分的认识。但是，一旦对此深信不疑，就会自动地觉得理应如此。他自动援引结论作为标准，并自动根据这一标准来评估具体的法律。

但是，假设在这一过程中，他突然问自己，为什么认为某种制度是最好的？如果真有这样的疑虑，就没法判断具体的事情了。自动运行的电路被破坏，他就无法判断具体的法律是好是坏了。这时，就必须停下机器，回顾最初的论证过程。如果面对的是自由主义者，就很难让对方明白为什么某一制度是最好的制度。认为某一制度最好，这一认知颇为复杂，最初是如何得到这一结论的呢？如果已经忘了，组织论证就很困难。在意识状态，你保留的只有结论。保留结论本身没有错，但完全忘记了推导的步骤，就不对了。即使不写文章，即使不需要劝说自由主义者，也可能遇到新的观点或棘手的环境，这时你就会手足无措。一般而言，得出了某个结论，至少要尽量记住推论的关键步骤。如此一来，在必须呈现结论的时候，至少有一个标准，知道该用什么必要的逻辑来捍卫自己的结论。

必须记住的是逻辑过程，而非传记式的过程。自己实际思考的过程，不需要记住（但有时也有帮助）。有序的认识论，逻辑是关键。比如有人说，某种制度是生产效率最高的制度，这一点可能不足以说服你。但如果他指出，这是唯一保护权利的制度，或者他展示出这是唯一符合道德的制度，就可能说服你。由此可以看出，文章要有说服力，什么才是关键。

记住逻辑上的前因。记住推理的步骤，结论在今天的你看来，几乎是不证自明的。推理的过程是一种引导，让你明白文章里应该有什么，如何拟定大纲，决定什么是证明观点的必要内容，什么是不相关的细节、解释或支线问题。

那些对题材了如指掌的人，由于知道得"太多"，选择成了难题。当你掌握了一层又一层复杂整合的知识，又需要从中找出一个专业的角度时，组织文章和界定主题就可能成为难题。举个例子，在大学里，你义愤填膺地给校报写了一封抗议信，这封信可能很有说服力。虽然你日后知道的东西更多，但在那时，在自己的知识范围内，你的观点陈述得当。等你有了"过多"的知识，这一点就没有那么容易了。

并不是说，为了写文章，你必须重温整个思维方式。现在，我只是带你寻找遭遇创作瓶颈的原因。如果每件事情都与另一件事情相关，渐渐地就会陷入绕圈子的状态。这是知识整体性和自动运作性能高的标志。但如果你记不住推导结论的逻辑步骤，就会有麻烦。解决方法就是：按照逻辑顺序，分解出步骤。

如果不是在制定大纲时，而是在写稿的过程中遇到这一问题，那就提醒自己，这种绕圈子不过是错觉，继续写下去。观点 A 和观点 B 哪一个在前？如果无法决定，就随便选一个。如果另一个更好，改稿的时候自然会发现的。但是，在打草稿的时候，不要长时间地纠结。被卡住了，快速决定，继续写。

凭空改稿

文章也好，大纲也好，句子也好，没有写出来的，就是不存在。这是绝对的原则。看起来似乎是显而易见的道理，但作者经常忽略这点而陷入麻烦。他们仿佛觉得自己可以修改还不存在的句子。

你写得太慢，感觉搜肠刮肚，那就是出错了。错在你认为句子存在于你的脑海里或存在于另外的维度里，错在你认为东西还没有写出来，就可以进行修改。没写出来，就是**不存在**。我说不存在，指的是客观现实，所谓的存在即可以被人类的意识感知理解。存在于你脑海里的只是一种意识状态，只是作品存在前的状态。

没有写出来的作品，不要去判断，不要去修改，不要去讨论。

就像人类胚胎和真正的孩子之间的关系，权利属于已经存在的婴儿。同样的，你可以写出最美的句子，但只要没有写出来，那就仅仅是一个胚胎。（我甚至听人们说作者"孕育小说"。这不仅仅是一个比喻。）

还没有写完，作品就不存在。如果写的是一本书，存在的可能是几个章节，至于书本身，不存在。如果写的是一篇文章，存在的可能是写好的几个段落、几个小节的内容，但这篇文章本身不存在。同样的原则适用于写作的基本构件：句子。只要没有写出来，句子就不存在。句子写出来了，才能判断它是不是畸形，是不是应该删去。好在写作和生孩子之间是有区别的，孩子出生了，你不能丢弃，但如果有必要，句子（甚至整个草稿）可以弃之不要。

有了某个想法，开始用语言表达，这时你打断了这一关键进程，转而进行修改——所有的新手都犯过这样的错误，特别是态度谨慎的人。他们认为，也许可以把句子写得更好一点儿。

人们还有另一个相似的错误。我认识的一个人，他到了什么地步呢？他每写一个句子，都是巨大的折磨。他会翻开分类词典，每一个词都查一遍，看有没有更好的选择。然后再写下一个句子。

错误在于，这样的人认为句子可以脱离语境，自成一体。不要忘了，在所有的哲学中，客观主义最看重语境——**语境**是认知和所有价值判断中的关键元素。没有语境，也就没有概念、定义或知识；脱离了语境，也就无法对句子进行判断。所有的写作都要有语境。对句子而言，最低的标准，或者判断单位，是它所在的段落。但这也不是最终的标准，因为这个段落是否成功还取决于其他的段落。因此，只有等写完了整篇文章（如果是一本书，那就是整个章节），你才能完整地判断一句话的价值。

所以，句子还没有写出来，不要进行修改。同样，刚写好一句话，不要马上就开始修改。不要去查字典，或者想是否应该添加或删减，是否需要进一步说明。只有看到整体面貌，你才能做这样的判断。

盯着不放

反复读写下的东西必然会有损于写作。打草稿的时候，过度关注一个句子，会丧失语境和方向，接着，为了重新找回语境和方向，你又开始不断重读之前的句子。结果就是，一天的写作结束，这一段话已经记在了脑子里。年轻的作者都遇到过这样的问题。

想要掌控自己写的东西，最不应该做的就是把初稿背下来。你会觉得这就是最终的表达，结果会导致你丧失了评估或修改初稿的能力。修改稿件，需要用全新的角度。所以，要修改自己的作品，至少要等到第二天早上，修改作品，需要转换到显意识状态，转换到完全个同十与东西的思维模式。

盯着一段话不放，就是在耽搁修改文章的时间。你可能会拿出毅力，非修改不可，但你脑子里回荡的是背下来的稿子。文章好不好？是否达到了预期的效果？是否有说服力？你都无法辨别。（什么时候可以盯着不放呢？只能在文章或书出版之后。可以自鸣得意，你甚至可以从中获益。）

　　如果已经这样做了，那就只有竭尽所能地忘记。至少要装作忘了的样子，努力用全新的目光来看待自己的稿子。有时，你不得不把稿子放在一旁，搁上一个星期或更长的时间。这样做，你其实赢得了时间，如果不这样，每一次你想要修改，都会变得更盲目，最后失去兴致。

喜欢的句子

　　很多作家会从删掉的段落中把喜欢的句子留下，希望能用在别的作品中。然而，作家选择题材和主题，必须在显意识状态下做决定，然后又必须命令潜意识来完成。写一个小节，总是在想怎么利用那些漂亮的金句，脑子就没法正常运作，就是在折磨自己。这样做，就是在干预自己的潜意识，相当于下达了不可能完成的指令："我想要表述经济学新理论，同时我必须在其中加入伦理学和认识论。我已经有了句子 A、B 和 C，必须写进去。"潜意识收到了太多命令，而且是矛盾的命令，就只有停止工作。

　　记住，所有中意的句子，无论如何光彩夺目，一旦脱离了语境都暗淡无光。如果有恰当的语境和逻辑顺序，用得上它，你自动就会想起来。你的潜意识不会忘记的。如果它没有自动出现，那它就不属于这一新结构。你不能为了突出某一个句子而重建结构。所以，放手好了，或把它记在笔记本里。（好句子收集起来，即便不能用，也挺好的。写完《阿特拉斯耸耸肩》，我有了一大摞不要的稿纸，上面就有我喜欢的句子。很多不错的结构、描述和对话，我觉得放在《阿特拉斯耸耸肩》中没用，但想留下来以后参考。）

引　用

另一个难题是引用。写文章要用到很多引文，真是非常吃力，你需要不断地在潜意识思维和显意识思维之间转换。

处理引文，最好的方法就是：制定大纲时，决定好引文安放在何处。不要搞了一大堆引文，却不知道该用在何处。一边是自己写的，一边是引文，你就会夹在中间，想着此处到底是该用一号引文还是三号引文。即便提前做好决定，等到用引文的时候，也会打断自己，切换思维模式，从而感受到压力。但如果准备得好，引文用得顺手，压力就降到了最低值，你只需要抄上引文，然后继续。

顺便说一句（除非是引文太长的情况），引文要写到草稿中，让它成为文章的一部分。这样你的大脑会整合这些引文，你可以借此为跳板继续创作。

　　在处理喜爱的句子时，很多作者会犯错。比如伦纳德·培可夫告诉我，他写《不祥的平行线》[①]时引用黑格尔，就遇到了问题。他最喜欢的引文不太适合，但它们非常有哲理，非常有趣，他视之为瑰宝，十分想用。在这里，处理原则是一样的：语境要求是第一位。不要为了外在的考虑（比如自己最喜欢的引文）牺牲逻辑关系。如果能用，可以，但不要强行用。

　　《人类的安魂曲》[②]这篇文章，涉及教皇的通谕《论人类的发展》，引文众多，处理起来很麻烦。文章的题材是通谕，因此引文很重要。我必须选出清楚表达了通谕要点的引文，同时还要保持我陈述的连续性。为了有理有据地反驳通谕，我需要在引用的同时穿插自己的论证。我要明确指出教皇的观点，用引文做支撑，然后对其进行反驳论证。这两项工作，我不得不交替进行。这样组织文章并不容易，必须高频率地在表述和选择引文之间转换。

　　那我是怎么做的呢？首先，我将整篇通谕按照要点分好，然后用不同颜色的彩色铅笔标注，每一种颜色对应一种学科。相关的段落用相应的彩笔编号。比如红色代表经

---

① 《不祥的平行线：美国自由的终点》（纽约：新美利坚图书馆，1982）。
② 选自《资本主义：未知的理想》。

济，蓝色代表政治，绿色代表伦理学，等等。每一个类别，我只选最有说服力、最核心的引文。我有一套自己的方法——提前选出最好的备选项，写稿的时候只从备选项中选择。相应的颜色，我有三四个选择，我只查看这几个选择，很快就能决定，誊抄到稿纸上，然后继续写作。这样我就能把参考资料和我自己写的内容整合起来。

大纲写好之前，我就要完成用彩笔给资料编号的工作。先制定一份试行的大纲，整理引文，然后制定大纲的定稿，写上分类引文的号码。开始写时，根据编号，我就能很快做出选择。这依然有难度，但相较于每次停下来查看通谕寻找引文，就容易很多。如果你需要调查并引用资料，原则就是：提前选择最好的引文，在写的过程中，将自己的选择局限于已选好部分。

重读初稿，你可能会需要增加或删除一些引文。相对而言，到了修改阶段，增删都要容易一些。写作时，选择范围不要太广，不要有太多犹豫。

琢　磨

写作的各阶段之初，都有琢磨的时候。琢磨是一种思考过程——显意识唤醒潜意识的某些想法，试探性地预测题材和主题。这一过程到底如何运作，取决于你的思维、你对题材的兴趣，以及你对题材的熟悉程度。所以也就没有规定。

与主题相关的笔记、剪报、引文等，琢磨的时候翻出来看看，有助于你整合素材。但是，要看多少次？什么时候看？没有规定。一般的做法是，琢磨的时候，到了某个阶段，你需要进行一些阅读的工作，以此激发思维，厘清主题。但是，到潜意识需要整理已有素材的阶段，再读下去可能对你没好处。必须获取合适的知识，再给潜意识时间进行消化和整合。（当然，如果脑子还是不清楚，可以继续思考，继续寻找新素材。）

琢磨的过程，就是你的显意识在弹奏乐器，而乐器就是你的潜意识。处于不同的写作阶段，你要去发现自己的潜意识需要什么。你必须学会信任潜意识给你发出的信号。为了写文章，你命令自己必须多阅读，却又感觉无聊而且很不情愿，很有可能是潜意识已经有了需要的东西，进一步的调查是多余的或者与题材不相干。另外，你预先想好了文章要表达的内容，甚至开始制定大纲了，却老是找不到思路，仿佛在浓雾中行走，那很有可能是思考还不够或者对题材的调查还不够。这时，你就应该查阅更多的素材或者再看一看笔记。

这只是非常一般化的建议，每种情况下必须做什么，只有你才能具体辨别，而且每篇文章的情况都不一样。

不成熟的讨论

一般情况下，大纲还未完成就与自己的配偶或朋友讨论要写的文章，这样做很危险。句子没有写出来，就不存在。同样的道理，如果还没有整理清楚想说什么，文章（甚至都还不是潜在的）也不存在。如果大纲都没有，那文章在你脑子里就还没有扎根。

写大纲之前，存在于思维中的就是一团创造性的星云，甚至都不是星系。只是混沌的物质，有可能组织成星系。你还未做出决定，很容易受外部建议的影响。

琢磨要持续多长的时间，没有定论。这取决于你对题材的了解。或者一天，或者数周，这期间，你可以进行各种设想，灵活地选择，用这种方式让潜意识适应这一题材。

建议是从外部而来的，如果在这种状态中讨论文章，建议似乎有了很高的客观性。有人提出建议，这个建议是真实存在的，而你自己的观点还处在混沌状态。如果是糟糕的建议，那还好，如果是**不错**的建议，那就糟糕了。建议不好，你可能会暂时迷惑，但最终还是会看清楚。但是，假设你还在摸索阶段，有人给了你一条有价值的建议，而且这条建议超越了你写作的语境，在显意识状态，你可以理解这条建议，也认同它，但你无法对其进行整合。你得出了不成熟的结论，这就会影响大纲和之后的文章，其情况类似于处理最喜爱的引文或喜爱的句子时的情况。外来的建议成了绝对的条件，那文章的结构就好不了。仿佛生育了残疾的孩子，多了胳膊或腿。

我来讲一讲自己是怎么发现这一原则的。《我们活着的人》这本书，我把它改写成了一个剧本，剧本的题目是《不可征服的人》。这个剧本是个败笔。把《我们活着的人》改编成剧本并不是我的想法。有个制片人读了这本书，找到我，想让我写个剧本。（最后，他没有筹够资金。但是，一年后，一个女演员觉得有意思，找到我，安排了乔治·阿尔伯特做制片人。）

写这个剧本，太难熬了。初稿后，又改了无数稿，每个版本我都不喜欢。事实上，写剧本不是我的目的，对此我感觉非常强烈。而且，我写这个剧本是为了宣传推广这本书。（这本书完全是死于出版商的不作为，印刷3000册之后就绝版了。）我有正当的动机，但不是文学方面的动机。我主要的目的和兴趣都不在剧本本身。

这个剧本一点也不好，我也认识到它不可能好。它源自别人的建议，再加上自己不相干的动机。所以，无论我多么勤勉，都写不好这个剧本。剧本的定稿还过得去，但也好不到哪儿去。经历了这件事，我明白了，不是自己的点子和想法，永远不要动笔。即便对方的想法不错，没有超出我的语境，我也无法对其进行整合。别人的想法不是第一手的。

什么时候可以自由地讨论呢？在你开始准备文章之前，是可以讨论题材的。交换观点有助于厘清自己的想法，把它当成一般的观点来看待。但是，当你开始准备大纲，处在琢磨阶段，就不要讨论题材或文章。大纲写出来，真实存在了，你可以讨论。这时，你已经完成了整合，可以判断是否参考外部的建议。简言之，你要学会辨别什么时候讨论有用，什么时候讨论有害。

有些人打算写文章，打算写书，说了好几年的时间。编辑们一般认为，作者如果说得太多，就再也写不出来了。的确是这样的。从心理-认识论的角度而言，这与急于讨论大纲是一个道理。特别像写书这样的大项目，自己都还没有想清楚，说得太多，就把自己说糊涂了。

此处，有些人的动机不诚实。我知道有些人，长年嚷嚷着要写小说，他们喜欢拥有小说家的身份，而写作这么难，他们并不想费心费力。从心理-认识论的角度而言，这些人本来可能会成为作者，但他们的行动减弱了他们的能力。他们与人讨论，听了别人的建议，迷惑了自己的潜意识，永远走不到真正开始写作的那一步。所以，即使他们一开始是半认真的态度，隐约有写作的打算，也没法真正去写。

干　扰

如果我早上起来，知道自己下午四点有个预约，那这一天，我就什么都写不了。就仿佛我的脑子关闭了，没法工作。如果一定要工作，我就会磨磨蹭蹭，不断地看时间，早早地穿衣打扮，因为我知道没法强迫自己写作。心理-认识论方面的原因是：为了写作，你必须集中注意力，开放潜意识，让潜意识来表达。如果知道自己在一个给定的时间点会被打断，则无法进入写作的状态，这与进度无关。潜意识会暗中说道："有什么用呢？这么费劲，只有一两个小时的工夫。如果一切顺利，到时候还必须中断。"所以，除非是绝对无法避免的事情，我都不接受白天的预约。（写《阿特拉斯耸耸肩》的时候，无论是白天还是晚上，我都不与别人约会，坚持了差不多十三年的时间，只有很少的时候例外。）好比我之前提到过的高炉的比喻。要达到炼钢的温度，高炉需要数周的加热过程。如果高炉熄灭了，那就是灾难。所以，即便没有使用，为了省钱省时，也会让高炉继续燃烧。用这个来比喻写作的准备状态很恰当。要达到写作的状态，需要精力高度集中，中途被打断，就像高炉冷却。如果被打断了，浪费的时间就远远超过了约会的时间。那天你没法工作，很有可能第二天也没法工作。即便是有经验的作家，能够看出苗头，也会遭遇这样的事情。如果马上就要被打断，就不要去写东西。如果有可能，最好是一周内拿出固定的几天，什么都不做，就写作。其他的时间，完成其他必须做的事情。为了写作，潜意识需要一种近期不会被打扰的感觉。不可能永远不被打断，但是你必须知道，至少今天，最好是接下来的几天，你除了写作什么都不用做。

如果你从事不止一项职业（也就是说，写作之外，还另有工作），最好也把一周分为两部分，不要在同一天做两项工作。有些人可以办到，但我从来做不到。如果写作之外，我还有其他工作，晚上我就无法写作，只能在周末写。然而，有些人更有弹性，这很大程度上都取决于个人的心理-认识。但是，你知道干扰就在眼前，那就无法工作，这是绝对的。

最后期限

关于最后期限没有定规。无论是外界给的，还是自己设定的，最后期限可能有益，也可能有害。在什么情况下有帮助呢？比如，你在写一本书，觉得自己怎么也写不完，也没有什么现实问题需要处理——假设是找出版商，这种情况下，没有最后期限就没什么好处。你可能会一直写下去，写完一个章节又一个章节。写作取决于很多错综复杂的心理-认识问题，觉得自己可以永远写下去，这不是有利的因素。一定的现实压力是必要的。如果在写，就应该写完。所以，最后期限是有用的。

然而，在给定的日期，就给定的题材，写给定字数的文章，这样的要求也可能造成灾难性的后果。没有时间思考，要么你会随便写，要么你脑子会彻底瘫痪掉。久而久之，你要么成为一个写手（只写容易的东西），要么就彻底罢笔不写了。

然而，重要的并不是外界的最后期限，而是自我设定的最后期限。写作的理想条件是：留出时间，尽力工作，如果一天过去了，什么进展都没有，也不必慌张。不过，你必须给自己设定最后期限，不是绝对的日期，而是为了避免潜意识觉得这个任务完全没有时间限制。处于不确定的状态，就没有斗志。

不要让期限总是成为压力。不要按照每天的进度做判断。能写多少东西，并没有规律可言，除了写手，没有人知道自己一天能写多少字。某一天，灵感如泉涌，你写了十页，你会想："按照这个速度，一个月就能写完。"到了第二天，只写出一个无把握的句子，你可能会想："按照这个速度，要花两年的时间。"两种念头都会让人泄气。某天写得不顺，如果错误地估计未来的情况，就会加重沮丧的情绪。写得顺，得出无根据、过于乐观的结论，觉得以后再也不会有困难，那也是暂时的幻觉。本来还想可以一直如此高效，一直没有打扰，到了下一次写得不顺利的时候（正因为这种结论，往往第二天就会遇到写得不顺的情况），就会有被压垮的感觉。

所以，不要做这样的结论。写作的过程无法预估，不是按照每分钟多少字进行的。你只能在更大的范畴内判断自己的速度，标准可以设定为平均每周大致写多少。但是，总会有不可预测的因素。你的生活中可能会遇到问题，你可能生病，可能有不可避免的打扰，所以不要给自己设定太绝对的要求，比如：我必须在这么多周之内完成，否则我就是不行。你必须遵守的绝对要求是：凡是可以写作的时间（或者是可以预留出来的时间），我都要用来写作，写出自己最好的水平。只有你才知道自己什么时候做到了最好（即便是只写出了一段话），什么时候整天不过是消磨光阴。有了经验，你就会特别有感觉。因此，你只需要大致有个期限，不需要太过具体的日期。不要给自己施加不必要的压力。

义　务

如果把事情当成义务，你可能就做不好它。从创造的角度讲，义务会阻碍和破坏创意。

如果你是因为责任感而写作，比如你不想写这篇文章，但某个出版机构需要你写，或者有人想让你写，抑或你写是为了"工作"，那你的动机就不是自己有话要说，而是出于外在的考虑。以义务为前提，只会给你带来麻烦。通常而言，以义务为前提写作，不会有任何结果，因为潜意识的反叛，你只会遭遇不必要的辗转状态。

除了外在的义务，还有一种**自己创造的义务**。很矛盾，这是一种强烈的想要写东西的心愿。想写作的愿望无比强烈，强烈到几乎让你瘫痪。我在写《源头》时就有这样的感受，并偶然发现了解决的方法。

很多时候，特别是走出辗转状态后，我早上起来，就非常想写东西。但等我坐下，脑子就一片空白。这不是辗转的状态，也不是"白色网球鞋"的状态。我满脑子想的都是写作，却一个字都写不出来。这种情况下，我就玩纸牌，只是为了做一些目的性不强的事情，与此同时让思维习惯于写作这一想法。

有一天，在这种状态中，我拿起扑克牌。但我不想玩牌，我想写作。我对自己说："试一下吧。不写东西，只是想想那些不吐不快的话。"我把纸牌放在桌上，觉得自己可能几分钟之内就会回来玩纸牌。结果，我不间断地写了四个小时，那是我灵感最佳的日子之一。这事让我有所感悟。愿望过于强烈，我就处在自己创造的义务状态中。不是对事业的义务，不是对这本书的义务，不是对出版商的义务，都不是，只是我把想写作的强烈愿望变成了义务，因为我对自己说，我不得不写。这样强烈的意愿让我止步不前，偶然留在桌上的纸牌帮助我打破了义务的前提。它们提醒我，只要我想，随时都可以停下来，我只是在为自己写作。我领悟到了很重要的一点，这一方法可以解决大多数的写作问题（但不能解决深层次的辗转状态）。我称之为快乐原则。

你可能觉得我说得太多了，其实最好的解决方法就是问自己：我想要什么。你不是为了工作而写作，不是为了人类而写作，也不是为了子孙后代写作。你写作，因为你

想写。如果你不想写，你就不必写，今天不必写，以后永远也不必写。提醒自己，这全是为了自己的幸福。如果你真的不喜欢写作，就不要去试。写作太难了，三心二意的人没法坚持下来。

当然，大多数尝试写作的人，都是真正想写。因此，摆脱技术性难题的最好方式，最好的心理激励就是提醒自己，明确地提醒自己，写作是为了自己的快乐。绝不要介意你的错误或者别人会怎么评价你的作品。提醒自己，你要在写作中寻找什么。关于人生、现实或其他任何题材，自己拥有发言权，这是多么快乐的事情呀。

你可能会有疑问。如果写作需要这么多原则，提到了这么多哲学方面的知识，那么非哲学专业的作者为什么还能写作（特别是虚构类作品）呢？例如，米基·斯皮兰很有想象力，他的风格有缺陷，但他灵感如泉涌，两个星期写一部小说，就能发给出版商。他不修改，也不允许修改。

很多人的才智在他之上，写作却很困难。他是怎么做到的呢？答案就是：梦游者可以走钢丝，你却不可以，一样的道理。如果很早的时候，你无意识地设定了你的写作前提可以免受任何心理学或哲学问题的影响，你就能写。那些有内心冲突的作者也能写，有的还才华横溢。然而，这种方式的危险就是：你完全受潜意识的摆布，哪怕遇到一丁点儿心理-认识论方面的问题，都走不出来。所有"灵感型"的作者都是这样。他们无法提高，他们很快就写到了尽头。潜意识里的素材用光了，他们是没法补充的，因此他们没有发展的空间。这些作家的写作过程中没有显意识的问题或前提。他们完全依靠潜意识。梦游者走在钢丝上，只关注一件事，有绝对的把握。如果你把他叫醒，他就会摔下来，他在显意识的状态无法走钢丝。

如果你不是斯皮兰这样的人，没有学会自动写作，无法进入梦游者的单轨道状态，你唯一的选择就是通过长期的显意识训练来学习写作。不要忘了，你是可以学习走钢丝的，而且走钢丝的技能肯定可以通过显意识的练习学会。等你掌握了这种技能，肯定比那种梦游者对潜意识的依赖更可靠、更愉快。在梦游者的状态中，你并不能完全控制自己的写作和灵感。

不要嫉妒"灵感型"的作者。有意识地去学习写作技巧吧。

第七章　改　稿

写稿和改稿之间有三大区别。

第一，写的时候，你依赖的是潜意识，把显意识思维的干预降到了最低。改的时候，反了过来，占主导地位的是显意识。

第二，写不同于改，写作过程必须高度私人化。你依从情绪而走，仿佛就是为你自己一个人在写。写作的过程中，不要进行批评或修改。然而，在改稿的时候，你必须最大限度地客观冷静。尽量忘记你所写的东西，把它当成别人的稿子来读。要做到这点并不困难。只要演过戏或做过猜谜游戏的人都明白，我们是可以扮演他人的。所以，在你的想象中，你已经忘记了这篇文章是怎么写成的，其中的情绪、犹豫和选择都忘了。

　　在此处，记住自己的文章就是一种阻碍。自己写的东西，如果已经读过很多遍，修改起来会很困难。写《我们活着的人》时，我要等一个星期或者更长的时间，把写的内容忘得差不多了，才开始修改。因为我写得太慢了，什么都记在了脑子里，无法换个角度来看问题。等到了《阿特拉斯耸耸肩》的时候，第二天我就能做出部分修改。你也应该以此为目标。

　　写的当天，就可以对稿子的内容进行一些更正。但最好第二天再改稿子。如果写作的速度比较稳定，想继续写，肯定要重读之前的内容。每个字都记在脑子里，修改时也可以找到一些错误，但修改的同时也把稿子记得更牢了。等把这部分内容或这篇文章写完，你就更无法判断了。如果无法判断文章的好坏，就会"盯着不放"。所以，如果第二天做不到客观，也不要改稿子。等准备好了，再改。

　　第三，写的时候，什么都不要质疑，也不要怀疑自己。然而，改的时候，你就可以质疑一切：是否该重新建构这篇文章，甚至是否要继续写下去，什么都可以质疑。

　　但是，不要为了怀疑而怀疑。这种错误很常见，这也是认为必须写出"完美"文章的一种表现。改稿子时，觉得稿子不错时如果想"我没看见什么不妥，但如果我能做得更好呢"，这样一来，你的判断力就瘫痪了。认知原则：

零点并不存在。正如在科学领域，你需要证据去证明猜想，那么判断自己的稿子，你就不能说"我不知道怎么才能改得更好，但如果能改得更好，会怎么样"。可以怀疑一切，但不要无缘无故地怀疑。

你必须记住两条改稿的原则：（1）不能脱离语境做判断；（2）不可能一次性完成所有事情。改稿时，潜意识也发挥了一部分作用，但你必须知道如何使用潜意识。我建议**分层次来修改**，也就是说，阶段不同，从不同的角度多次审视你的初稿。

我先解释一下改稿的全过程（即完成终稿的过程），然后再解释如何具体实施。

首先，读一读自己的文章，主要关注结构。问一问自己：逻辑顺序是合理，还是混乱？有没有重复的内容？内容是否平衡，某些方面是否过于细节化，而其他部分则过于简短或浓缩？（不同的方面需要的细节不一样，需要多少要根据主题和目的来判断。）

在第一层次的改稿过程中，你应该问自己这些问题。根据自己的答案来判断是否需要重新安排文章的结构。你细心地准备了大纲，但具体执行之后，也会发现没有选择最合理的逻辑顺序，有些段落应该调换顺序。比如，某些观点如果放在前面会更清楚或者更有戏剧性。所以，改稿子，首先要关注结构。如果整篇文章的结构都要调整，就没有必要去在意风格或润色的问题。

如果在关注结构的过程中，自然而然地注意到了应该更正的风格或语法问题，那就改吧。比如看到某个段落，立刻注意到形容词过多，或想到了更好的形容词，那就改过来。第一次审读时你注意到风格不对，但一时又想不起该如何改动，就不要再费心思了。在空白处做一个标记，继续关注结构的问题。

顺便说一句，不要让你的文章读起来有大纲的感觉。不要让读者看到技术细节。当然了，你要让读者看到内容，但不要看到脚手架。这种错误会以什么形式出现呢？比如，你完成了一个小节的内容，你写道"A 方面就谈这么多，现在我们来讨论 B 方面"，这就是脚手架，你应该把它拆除掉。它们是写给自己的指示，是你写到大纲里的东西。大纲告诉你，必须先谈第一点，然后第二点，等等。但是，到了真正写的时候，如果文章的结构有逻辑性，你就不需要宣布自己已经完成了第一点。

等到自己对结构满意了，再读一遍文章。第二遍的时候，你应该关注思想和内容是否清楚明白。也就是说，第一遍阅读，你要假定内容清楚明白。只要知道自己写的是什么，你就能判断结构。但是，第二遍阅读，你要非常仔细地检查文字部分——句子的结构和内容。注意自己是否清晰地表达了思想，使用的词语是否客观地反映了你想说的东西。明确地问自己："我真的知道自己想说什么吗？我说出来了吗？"你常常会给出否定的答案。之后，我会讨论这一类别中可能的错误。

到了第三次阅读，你才应该关注风格。这方面的细节问题，我也要留到后面再讨论。现在，我只想指出，在第三次阅读之前，你不要去发愁你的表达方式是否有意思。随着你越来越有经验，你的潜意识处于待命状态，你随时都会想到很多有意思的表达方式——初稿是这样，头两次改稿也是这样。但是，不要强求。在最后一次改稿之前，不要有意识地去关注风格。

我说"三次阅读"，你也不要抠字眼。文章需要读几遍没有定论。你也可以整合三次阅读中某些必须关注的点，只读两遍。更有可能的是你需要读很多遍。阅读次数的多少并不能反映你的能力。如果你知识渊博，也许需要读十遍才能完成所有的事情。只有一个大致的原则：涉及的内容太多，你没有办法一次性完成所有的东西。每人按照自己的情况来做。你必须根据自己每次的处理能力，**分层次完成**。同时，这也取决于你的经验，以及你对题材的知识和兴趣。

　　我一直都是这样改稿的，但直到我为《洛杉矶时报》写稿，我才明白了其中的原则。当时，我必须每周写一篇专栏文章[①]，字数不超过1000字，他们告诉我最好是在700到800字之间。当然了，我首先写大纲，然后写草稿，再改稿。我过第一遍的时候，总是发现可以删减一部分内容，之后就觉得一个字也不能删减了。也挺好的，因为字数已经略少于1000字。但是，让我惊讶的是，等到下一次再读，我总能再删减一部分；再读，还能删减，最后整篇文章的字数减少到差不多750字。我并没有刻意追求新的表达，也没有刻意删减内容，就办到了。但第一次改稿我无法完成所有的删减。这一来我就明白了，人脑不可能一次性完成所有的事情。

　　第一次读自己的文章，你只能看到明显需要删减的地方。把这些地方删减后，再次阅读，就可以在新语境之下发现其他需要改动的地方。有些句子太长；用了两个形容词，但其实只需要一个；之前的草稿需要这个从句，但修改之后的并不需要。

　　顺便说一句，因为《洛杉矶时报》让我来做决定，我很乐意在不损害内容的情况下尽可能地做到精简。那是挑

---

① 参见《安·兰德专栏》，编者：彼得·施瓦茨（盖洛兹维尔，康涅狄格：第二次文艺复兴丛书，1991；增补编辑版，1998）。

战，是好的练习。

我领悟到了这一原则：仅就写作的简洁性而言，你无法一次性完成所有的工作。如果要考虑写作的所有元素，从题材和主题到有说服力的表达，完全就没有一次性完成所有工作的希望。如果你要这样尝试，就是要求自己完成不可能完成的工作。

什么是适合自己的工作节奏？你需要去了解，然后根据每项工作做出调整。你必须全神贯注，心不在焉没法做事。但也不能殚精竭虑，这就是原则。强求非自然的思维，会让自己止步不前。如果你觉得紧张不安，那可能是你想做的事情太多，需要暂停手上的工作。等头脑清醒了，再回来工作。脑子一次性能完成的工作是有限的，要注意，不要让脑子超负荷工作。

怎么才能找到自己稿子中有错误的地方呢？我在《生命的艺术和意义》①一文中指出，潜意识整合数据的速度远远高于显意识。在阅读文章的过程中，潜意识整合了所有的元素。因此，在改稿之际，放飞自己的潜意识，就会因某个错误感到不对劲，然后你的显意识才发现这一错误。你感觉不对，但还不能马上说出哪里不对。潜意识会以某

① 出自《浪漫主义宣言》。

种方式告诉你，有个地方不对劲。改稿需要经验，经验也包括识别潜意识与你交流的方式。你要去发现这些内心的信号，只有你才能识别它们。有时，只需要辨别出有地方不对劲，你就能找到问题的本质。其他时候，发现问题可能需要耗费时间。需要多少时间，取决于错误的复杂程度。

不要为了怀疑而怀疑，让潜意识自然地整合信息。自我怀疑会扼杀真正的潜意识报错的警告。一直都能马上就发现错误？这是不可能的。如果你有太多怀疑，比如你担心文章有错——"我这么微不足道，这是我写的东西，我不知道行不行哇"——这么想你就会不断地感觉不对劲，就无法正确地判断文章。

用客观的眼光来改稿，就没有什么好害怕的。文章有错，要么你找出来，要么你的编辑找出来。如果你卡在某个问题上，使出浑身解数也没办法，总有其他客观的法子可想。找编辑，找有判断力的朋友，他们会带来新的解决问题的视角。

有时，你在一个段落上花了太多的时间，就会感觉不确定，于是你开始各种修改。结果呢？两天后，你回到了原来那个版本。我称之为修改过度，一般发生在休息不好、不能客观评价文章的时候。这也是改稿时遇到的正常现象，不用担心。

有两种改动，最好马上就改。第一种，脑子里自发出现的东西，比如某个更好的词，更好的句子结构。这时，无论你处于改稿的哪个阶段，都要立刻修改。第二种，不需要花很多时间就能完成的修改。比如，某个复杂的段落，你可能要花上半个小时。你可能要思考有什么不清楚的地方，或尝试不同的表达方式。这需要有目的的思考，就不是自发行为了。但是，如果在修改一个段落上花两个小时，你就走错了路。如果每个形容词，你都要想一想，每个句子，你要用十种不同的方法来重组，这种时候，通常你越用心，脑子越糊涂，那就把工作放下，等自己能够信任潜意识之后再来改正问题。

这是一种自我折磨。身处其中，你不顾内心痛苦的感受一直在努力，你也许会感觉自己非常勤勉。但实际上，这是一种自我放纵。你处于一种固执的状态，其实这就像演戏，仿佛你在和某个句子作战。

什么时候会出现这种情况？你想要脱离语境解决问题的时候。某个句子成了你的拦路虎，但此时你的潜意识有可能在告诉你，整个段落都没有必要存在。或者你的思维只想继续，不想在此刻纠结这个句子。这种情况下，不要再逐字地纠结这句话，你可能会在它身上耽搁两天的时间，但是：第一，你解决不了这个问题；第二，你会因此有耗尽心力的感觉。你不仅会厌烦这个句子，还会厌烦这篇文章。结果你会发现，自己没法有效率地工作。你可能会耗尽自己的创造潜力，需要时间重建热情。因此，遇到这种情况，停下来，信任自己的潜意识，从更广泛的角度去看待自己的文章。

我说更广泛的角度，意思是：放下这个有问题的段落，开始另一个层次的修改。从另一个角度来读文章，等到你再次来到这个有问题的段落，就有可能想到解决办法了。如果没有，继续读下去，把改稿的其他部分都完成，最后再来处理这个段落。如果不肯搁置问题，一定要想清楚怎么重新写这一段，那么你将有充分的理由厌恶写作，因为这样的过程就是折磨。然而，这并不是写作的问题，也不是天赋的问题，而是方法出现了错误。尝试可以，但不要为难自己。了解**思维的**要求。有目的、有意识地观察自己需要什么，才能达到努力工作的状态，精力一定要非常集中，但不要因此殚精竭虑。

不要逐字改稿。而且，不要使用分类词典。有时，到了快结束的时候，为了最后的润色，分类词典也有用，但之前不要用。尽可能轻松自如、有目的地充分利用自己的潜意识。

先修改结构，然后关注思维和内容是否清楚明白，最后是风格修饰。这是我的方法，这只是一个大致的流程，找到最适合你自己的方法吧。当然，可以确定的是，你必须先修改结构，最后修改风格，但中间部分有很多种不同的方法，每个阶段也可能要求你不止读一次稿。

这就是改稿的大致过程，适用于每一本书、每一篇文章，也适用于任何写作。比如说，《阿特拉斯耸耸肩》这本书，我用这套三步法修改了每章中的每个小节，接下来才修改整个章节，然后关注这本书的每个部分（一共三部分），最后再过一遍整本书。在改稿的过程中，不要去为难自己，潜意识了解整个语境，也就是说你时刻都明白自己写了什么，要干什么，你就能找到很多问题：什么需要理顺、什么需要澄清说明、什么需要删除。当时，我并没有为难自己，所以整个改稿过程很轻松，进展很顺利，到最后需要改动的地方就越来越少。但是，无论我修改的篇幅有多长，我使用的方法一直不变。

没人可以在一天之内写好一篇文章。所以，每天你开始工作的时候，应该重读前一天写下的东西。你当然会有一种按捺不住的欲望想去修改，这也是正常的。继续工作之前，你想理顺前一天的工作成果，但是，我强烈建议你，此刻只关注结构和内容是否清楚明白这两个问题（再加上自动涌入你脑海的内容）。查看前一天写的东西，只是为了看一看逻辑顺序是否恰当，句子和段落是否清楚明白。如果你还要干别的，就是给自己找罪受。你把前一天写的东西润色完毕，为之欢欣，看到自己写出这么漂亮的东西深受鼓舞；但是，现在你就得等明天才开始新工作了，这就只会觉得泄气。

我经历过这一过程，明白这一过程是无法避免的。就好像从美丽而文明的城市回到了丛林——回到了初稿。但你不想回去，你会对自己发火。你的潜意识是这样感觉的："嗯，如果我的文章这么漂亮，为什么不能第一次就做到这种程度呢？"（有了这种情绪，你就会忘了自己是花了两天的功夫写稿和改稿才达到这种流畅程度的，初稿是无法达到那种程度的。）所以，不要过度地打磨之前的工作成果，等完成了一个小节的内容，再充分打磨。等文章写完了再打磨，改稿就容易得多。但是，我不建议全部写完再打磨，我知道每完成一个小节的内容后，那种要打磨文章的愿望是无法抗拒的。

好了，我们现在再来说一说其他可能的错误。特别是在改稿的第二个阶段，有两个错误需要你特别警惕。第一，想表达的内容，你觉得自己已经表达清楚了，实际却没有。第二，语法错误。

第一个错误比较复杂，其中涉及的不只是写作，还有客观性的问题。如果你在生活中，在与人相处或表达自己的时候，完全是主观的角度，那这在你的写作中会体现得更充分。你不知道怎样才能客观清楚地表达自己的观点，那写作的时候，你肯定也会遇到这个问题。

主观性这个问题，我开不出处方。我只能指出其中包含的问题，只能指出几条判断自己作品的原则。我认为最重要的就是：把自己的文章当成别人的文章来读。如果你没有建立客观的交流前提，你就会觉得这一点很难办到。但是，你必须全力以赴。

问题的源头是：你知道的素材需要远远多于写出来的部分。潜意识面对庞杂的信息时存在一种危险——你只是模糊地表达了某个观点，但你认为自己已经做了清晰的阐释——你应该说出来的东西其实还在你的脑子里。因为主观，你无法区别什么已经被写在了稿纸上，什么还在你的脑子里。

作为编辑，我经常遇到无法理解的句子或段落，这样的句子和段落有多种解读方式。我问作者他想说什么，这时，对方一般都能给出简短清楚的解释，只是这些解释没有写在纸上。我就问他，为什么不把刚才说的话写出来？得到的回答一般都是：他认为他写出来了。我就告诉他，他没有写出来。这时，他明白我是对的，但之前就是没法自己看出问题。至于怎么纠正这一错误，我无法开出处方。但是，如果能够识别这一错误，也是有帮助的。你必须认认真真地问自己：我写出来的是否只是个大概？这一点很重要。

假定自己是在写法律合同，假定自己写的每一个字都会成为呈堂证供。写合同，每个形容词、每个逗号，都必须花心思。如果语焉不详就会有大麻烦。如果没有仔细阅读小字的条款，甚至都不能签订合同。你必须明白自己做出了怎样的承诺。同样的原则也适用于写作，只是形式不同。改稿，就像在审读合同。你必须判断是否写出了自己原本想要表达的意思，是否表达得恰当，是否有误读的可能。

清楚明白永远放在第一位。生动有趣和清楚明白是两回事。如果你自己不确定想法是否清楚，绝对不要用花哨的转折或漂亮的比喻进行掩饰。不要让读者感到迷惑不解。

顺便说一句，清楚明白和精确是两回事，不要混淆。精确的含义是细节清楚。你可以清楚地表达想法，但可能并不完全精确。比如，你说"人是优秀的"，这句话很清楚，但读者并不知道你具体想说什么，这句话太抽象。如果你具体一点，"在我看来，理性的人是优秀的"，这一来，意思就更为明确。这与抽象的程度相关。

清楚明白这一条，适用于所有层面——从最为广泛的表述，到最微小的细节。无论你说什么，都要说清楚。但明确在处理抽象概念时必须要考虑的问题：在你的语境之下，你必须决定什么时候需要更多的细节（更为接近具体事物的东西）。此处，决定抽象程度的又是题材和主题。在你的写作语境之下，你必须判断某个陈述（这个陈述可能是清楚明白的）是否过于宽泛（在阅读的过程中可能就成了漂浮不定的抽象概念）。

然而，过于明确和详细也存在问题。文章中囊括了很多不必要的细节，就会变得不清晰、不简洁。读者会因此无法整体地理解文章的意图。因此，你必须时刻留心：什么时候可以抽象地陈述，什么时候需要更多具体的细节？两个错误：与具体事实失去了联系，抽象概念就会漂浮不定；失去了抽象，就会局限于具体。

你也可能无法判断自己的文章是否清楚明白，原因有二。

第一个原因，浓缩过度。泛泛而谈，一次想表达两三个不同的观点。这与陈述宽泛的抽象概念不一样，抽象概念宽泛，意思是包括了很多具体的事物，但说的还是**一件**事情（抽象概念的作用就在此）。此处，我所指的错误是：把两三个不同的观点或某一观点的不同方面硬塞到一个句子中。这样的句子会让编辑发疯。看上去，这个句子好像意义重大，但无论读多少遍，都不知道它明确的意思，只能大致领会作者的意图。等到编辑询问作者，会发现里面有三个不同的观点，实际应该用三个独立的句子来表达。要表达某个观点，先想清楚表达这个观点需要什么？按照要求一步步来，这样表达不仅清楚，还能发现是否有别的观点想挤进一个句子中，必须明确自己现在只需要一个观点。

浓缩过度的另一个例子：我称之为日耳曼式写作法——本来应该写三四个句子的，却写了一个超级长的句子。

你无法判断自己的文章是否清楚明白，第二个原因是我说过的——思维的自动运行。如果某个想法已经完全在你的思维中自动运行，你就不知道如何进行解释或者不知道如何将它剥离出来，你的表达可能只是大致的解释，你并没有客观地解释清楚。但你认为自己已经做到了。

针对这两种情况，我的建议是放慢进度。如果你感觉自己要把很多内容挤进一个短句子，这就是信号，你应该反其道而行之。放慢进度，甚至可以多加一些细节，之后总是可以删掉的。但是，一开始，写到纸上的东西要充分，要清楚。

改稿之际，你需要注意的第二个错误是语法错误。客观性和语法之间的关系，涉及如何对所写的内容进行判断。

大家都是受过教育的成年人，我还要来谈语法，感觉很遗憾，而且我的英语还带俄语口音，这就更荒诞了，但大多数美国人真是不懂英语语法。写作中的其他错误，我并不是很在意，但对我而言，语法错误是最难接受，也最难更正的。语法错误代表的是一种文化现象，你不应该对此负责，要对此负责的是教育体系。

（在以杜威的理念为基础的教育中，阅读和其他相关的学习都是用"看—说"的方法。）美国人接受这样的训练，得到的是感性的大致了解。如今，这种非客观的、不符合语法的表达方式真是到了滥用的程度。人们被系统地切除了客观交流的能力。引导他们自我表达的往往是情感，而非思想。在现代理论看来，世上就没有思想这样的东西，即便有这样的东西，思想也无法引导我们前进。

我不是语法学家。我并不知道英语语法的专业名称，只是会用。但是，每当我纠结某个句子，最后终于把它理顺之际，我感谢发明语法规则的人，我明白它们的存在是有理由的。如果语法规则是非理性的，它们就无法继续存在。有时，语法学家的确会拿出一些非理性的、武断的规则。但是，如果规则不能使交流更清楚，而是使其更复杂，人们就不会遵守。

客观主义者看重理性，理性最重要的应用之一就是语法。如果不遵守语法，就没有准确思考的能力，也就没有准确写作的能力。

语法相当于概念。语法规则就是准确使用概念的规则。句子由概念构成，语法的精髓是做到清楚明白，避免模棱两可。所有语言的语法都是在告诉我们如何组合概念，如何明确地、无歧义地交流。看一看概念的数量，再看一看我们必须用概念表达的各种现象，现象的数量显然要庞大得多。这时，你就会明白语法结构的重要性。

如果没有语法，我们就只有词汇，却无法说出句子。举个例子，我们就只能说："我泰山，你简。"这是原始语言的本质。对比之下，文明社会的语言有语法，因为我们要处理的内容不仅仅是直接的、以感知为基础的概念。如果你要处理抽象的内容，用抽象的概念来处理抽象的问题[①]——你必须知道以什么样的顺序，用什么规则来组织、表达出某个具体的思想，从而实现交流。

从前，我们都觉得语法无聊。背诵规则太枯燥了。但

---

① 参见《客观主义认识论导论》的第三章（《抽象中的抽象》）。

等你上了大学，就会明白这些语法规则有多么重要。因此，如果你明白我们为什么要为理性、为正确的概念而奋斗，那么基于同样的原因，我们也要为捍卫语法而战。

一定要明白句子结构，要知道什么样的句子结构只有一种解读方式，什么样的句子可以有十种不同的解读方式。你要明白语法的重要性，它不仅对写作重要，对普遍的认知也很重要。思考的过程，也必须注重语法。不要接受模糊的想法，比如"我好像明白这是什么意思"。即便你在独自思考，也要用具体的语言明确地表达出自己的想法，以及为什么这样想。如果想法太过抽象，那就做笔记。要做笔记，就必须用客观的表达——不是为读者，而是为自己。自己确认的想法，一定要用语言清楚地表达出来。思考的过程中，注意语法要清晰，这是第一步，也是将遵循语法和准确表达变为习惯的第一步。

困难在于：如今，大多数人太习惯主观的速记，已经不知道内在语境和客观陈述之间的区别。在思考的过程中，如果能做到清楚明白，可以在脑子里速记。记住，如果速记员无法将速记的内容转换成英语，此人就没有价值。同样的道理，写的时候，你必须把速记的内容翻译成客观的语言。

如果已经忘了小学语法课程学了什么，那就找一本语法入门指南①，最好是找一本老版的，回顾一下学过的知识。你会惊奇地发现，小时候觉得不重要的东西，现在看起来多么重要。现在，再次阅读这些枯燥的规则，你就会明白为什么有这些规则，为什么这些规则是合理的。

而不应该有什么态度呢？最好的例子就是《源头》中的"天才艾克"，他是一位现代剧作家，说自己是创造性的天才，不是打字员。②如今，很多人认为"我是创造性的天才，我凌驾于语法之上"。但是，只要在思考，只要在写作，人就不可能凌驾于语法之上。这就好比说"我是创造性的天才，我凌驾于概念之上"——这恰恰是现代艺术家的态度。如果你"凌驾于"语法之上，你就"凌驾于"概念之上，如果你"凌驾于"概念之上，你就"凌驾于"思想之上。那么，事实则是，你并没有凌驾于思想之上，反倒是远远在其下。对语法要有敬畏之心。

除了找一本不错的入门书复习语法，我还有如下建议。如果你的句子看起来有问题，就问自己几个简单的问题，

① 安・兰德没有在课程中具体推荐语法入门指南。但她推荐了一本高阶语法书，H. W. 福勒的《现代英语用法字典》（牛津：克拉伦敦出版社，1926）。

② 在《源头》这本书中，戏剧评论家朱尔斯・福格勒说："你打的字惨不忍睹。"听了这句话，艾克回答说："见鬼哦，我又不是速记员，我是创造性的艺术家。"（原书469页）

比如：主语是什么？谓语是什么？把学生时代的语法分析操练起来，结果会让你大吃一惊。比如说，你会发现自己在句子中间转换了主语。你还要问一问自己，这个句子是不是有多种解读的可能。判断是否有多种解读的可能，需要考虑文章的整体语境，这也就是为什么我建议你在改稿的第二阶段做这个工作。阅读的过程中，凡是有概括性的陈述，所有可能的解读都要搞清楚。如果谈论的问题比较窄，就不要用大原则泛泛而谈，新手在处理复杂题材时，尤其需要注意这一点。

我已经讨论了两种错误，一种是你觉得表达出了想说的意思，其实没有；另一种是语法不规范。下面是这两种错误的几个例子。

头两个例子来自《客观主义者》收到的稿件，我是编辑。一位投稿者写道："因为无法从理性的角度理解现代艺术，政府赞助的批评家希望公众接受现代艺术，而不是去理解。"但是，这句话另有一个含义，那就是人们可以**非理性地**理解现代艺术，但作者其实并不想表达这样的意思。另一个投稿人写道："花了大笔的钱，其动机是对声誉的欲望。"这个句子写得太仓促。作者的意思是清楚的，但是，我们读这个句子，感觉"其动机"中的"其"指代不明。

　　另一个例子来自我的文章《什么是浪漫主义？》①，是我第一次改稿时发现的。最初我写的是，当代文人对情节的厌恶"太过猛烈，超出了文学规范的范畴……这种反应与形而上学的问题有关，也就是说，与威胁到整体人生观基础的问题相关"。问题是，我谈论的是现在的文人。如果这句话这么写，我陈述的内容就过于宽泛，超过了我原本的意思。也就是说，如果有人觉得自己形而上学的基础受到了威胁，他必然会感受到对情节的强烈厌恶。所以，我就用括号在后面补充了一句"如果这种观点是非理性的"，这就是我想表达的观点，也是必须写出来的内容。

　　还有一个例子来自我的剧本《1月16日的夜晚》②的初稿。我想加强语气，于是我就让南希·李·福克纳跳起来，大喊道："这是一个虚构的谎言！"很多人读了这句话，但没人觉得有错误。最后，我们在好莱坞彩排的时候，一个演员朋友给我指出了这一错误。我大吃一惊，但心怀感激。后来，我再也没有犯过这样的错误。我其实是想强调，这是弥天大谎。但什么是**非虚构**的谎言呢？要明白自己到底说了什么，才能发现所说的是不是自己想说的。

---

① 选自《浪漫主义宣言》。

② 最终的版本《1月16日的夜晚》（这部戏最初上演于1934年）（纽约：新美利坚丛书出版公司，1985）。

同样的道理，你要注意标点符号的使用。所有的作者都会在这一点上犯错吧（伦纳德·培可夫是个例外，他比我还要严格）。如果你觉得自己凌驾于语法之上，那你肯定觉得自己也凌驾于标点符号之上。但是，标点符号真的非常重要。顺便说一句，我懂的另外两门语言——俄语和法语，就不太容易造成模棱两可的意思。英语是一种高度浓缩而且准确的语言（我因此而爱它），但正因为这样的特质，有标点和无标点，句子可能就有两种不同的解读。

关于标点符号，有几项规则可供选择，但总原则就是为了清楚明白。不要把标点符号的问题留给编辑或校对。使用标点符号时要特别注意，在哪儿用什么符号，一定要确定。你一定要知道自己为什么要使用这一符号，要知道自己想要隔开的是什么。

标点使用不当，会闹笑话，下面就是若干年前我在《纽约客》上看到的例子。当时，这本杂志从真实的信件、文章和书籍中收集了很多"美丽的从句"。从这个例子，我们可以看到逗号的重要性。这个句子没有逗号，是这样的："Many is the time I've driven down this lane with my beloved wife who has since gone to heaven in a buggy." ① 我们也懂作

① 这句话没有逗号，会有歧义，有两种解读。第一种：很多次，我与深爱的妻子开车行驶在这条小道上，后来她因为马车事故去了天堂；第二种：很多次，我与深爱的妻子坐着马车行驶在这条小道上，后来她去了天堂。（译者注）

者想说什么，但如果用上逗号，就少了麻烦："Many is the time I've driven down this lane with my beloved wife, who has since gone to heaven, in a buggy."[1]（显然，这句话如果写成："I have driven down this lane many times in a buggy with my beloved wife, who has since gone to heaven."[2] 那就简单多了。即便是作者原来的文字顺序，也要加上逗号，意思才清楚。）

有一次，我听说有政客张贴了竞选广告，结果却自毁政治前途。他的广告牌是这样的："我的对手占着职位不做事，长达八年的时间。现在到我了。"他想说的是"给我一个机会来改变这种现象"或"给我一个当政的机会"。政治语境下犯下这样的错误，传达的意思太荒唐可笑。但是，如果是在哲学性的段落中，就不会有什么喜剧效果了。在交流观点的文章中，如果意思模棱两可，作者想表达的东西不明确，结果可能非常糟糕。所以，要注意语法和标点符号。

如果你想表达自己的观点，就要学会表达得清楚明白——要注重概念、语法和标点符号。我宁愿舍弃这个世界上最好的比喻，也要表达得简单且清楚明白。把清

---

① 加了逗号之后，就是前一页注释中的第二种解释。（译者注）

② 这样改写之后，也是前一页注释中的第二种解释。（译者注）

楚明白当作"迷信"，当作绝对真理，当作教条，当作"神明"。

做到了这一点，其他所有的东西都会迎刃而解。

第八章　风　格

风格是一种与众不同的、有特点的写作模式。这一定义适用于非虚构类写作及所有其他的创造性活动，包含了与呈现思想形态密切相关的所有内容。

风格没有办法定制。这是绝对的。动笔写一个句子，你就问自己一遍这个句子是否有风格，那就写不下去了。或者，憋两个小时，写下一个矫揉造作的句子。风格是潜意识自动整合的结果。原则上你可以进行风格上的修饰，但你无法定制风格。因此，你不应该故意追求风格，风格涉及太多元素，在显意识的状态，你无法做到面面俱到，无法整合一切。风格必须留给潜意识来处理。

从这一角度来说，风格有些类似情绪。你无法命令自己去感受（或者不去感受）某个情绪。你无法直接控制自己的情绪。然而，辨识情绪的根源，就能间接地控制情绪。情绪不是一开始就出现的，背后有触发情绪的原因。风格也是这样，它源自一种价值整合，只能自发地呈现。

但是，你的潜意识一定要足够自由，才能产生风格。写作的过程中，如果你同时要关注大纲、关注你所说的内容、关注行文的雅致，潜意识就无法一次性处理这么多问题。但是，等你清楚自己想说什么，自然而然就会找到别致的方法来表达。所以，不要强迫自己。

文字要生动有趣，这很重要。它能够让你的思维更清晰，表达更戏剧化，从理智**和**情感两方面吸引读者。但是，最糟糕的莫过于勉强出来的生动有趣，故意的比喻和修饰并不能为内容服务。强行生动有趣，结果就是，即便你是有逻辑的，即便你是诚恳的，读者都不会信任你写的内容。所有的读者都会感受到这一点。他们可能说不出是怎么一回事，但他们知道其中有虚假的东西。

为什么矫揉造作的风格会让人感觉虚假呢？其原因已隐含在风格的定义中。风格是一种与众不同的、有特点的写作模式。有谁的特点呢？当然是作者的，否则就不是个人风格。与众不同，当然是与其他人不一样。但是，你无法刻意拿出一种与其他人都不一样的个人写作风格。

文学圈里有一个无人能解释的现象（但文学圈里的人

也不怎么解释）：时不时地，会出现这么一位作者，看起来没有受过任何训练，却才华横溢。20世纪20年代，有一个卡车司机，受过与职业匹配的教育，但他写得非常好。我不喜欢他写的东西，但他是成功的。他写作的优点就是：完全自然。他怎么想就怎么写。他的写作方式中有一种内在的确信。他的文字真实而原创。他显然对文学规则毫无了解，经常偏离常规，但这种偏离又说得通。

另外，很多人受过大学教育（通常还是英文系毕业的），想成为作者，却失败了。他们失败的原因也是显而易见的。过去一二十年，那些受过教育的人变得缩手缩脚。他们要么接受了太多的错误规则，要么完全没有规则——只有神秘主义的暗示，比如"要么你有，要么你没有"之类的。他们花时间分析比喻修辞和无意义的非本质的东西。这些学校没有帮助自己的学生，反倒让他们变得僵化、沮丧。但是，卡车司机却得到了自由，可以用自己的方式真实地、有风格地表达。在艺术方面，这样的教育方式其实是在摧毁，而非开发年轻人潜在的才能。

你无法刻意地培养风格。你只能给潜意识不变的指令，告诉它你喜欢有风格的东西，然后就顺其自然吧。你要有这种渴望，如果你脑子里没有，不思考，当然也就没法有自己的风格。读别人的作品，有喜欢的，就要有意识地鉴别。"这样表达很有意思，我喜欢。"然后忘记它，不要去背诵，不要让潜意识今后无意识地进行剽窃。你很有可能会盗用别人的句子。但是，你每一次鉴别自己喜欢的表达方式，就是在给潜意识下指令，告诉它你喜欢有意思的风格。如果有可能，也识别一下作者的原则，然后，再次忘了它。同样，读到不喜欢的，也鉴别出来，给出不喜欢的理由。通过这样的判断，你就开发了潜意识中自我风格存在的前提。

你慢慢会发现，脑子里出乎意料地就有了恰当的比喻。这也是为什么很多作者认为风格是灵感，而实际上呢？是你给了潜意识足够多的素材和指令，时机成熟潜意识就"发货"了。风格是潜意识自由整合的结果，这个过程快如闪电。这就是为什么你写初稿的时候，必须尽可能地自发进行，不要追求花里胡哨的笔调，也不要因为没有风格就责难自己。等你忘记风格这回事，风格就来了——有时候初稿时就出现了，但更多地还是在改稿之际才会出现。你就不会写"猫咪在垫子上"，而会写"一缕月光洒在猫咪银白色的皮毛上，它坐在……"，你可以写得更好。

有了这样的前提，你会惊讶地看到，原本被遗忘的想法又自动地出现在脑子里。你用这种方法训练自己的潜意识，在恰如其分的时候可以恰如其分地表达。

我出版的第一本作品是关于电影女演员波拉·尼格丽的小册子。[1] 我当时二十岁，在苏联生活。

当时（20 世纪 20 年代），美国电影传到了苏联，很受欢迎。虽然没有俄文的影迷杂志，有人还是可以通过国外的朋友和亲戚搞到美国的影迷杂志，我们都把这些东西当宝贝。一家国有电影出版社在出版外国影星的系列专题，我就问他们想不想出版波拉·尼格丽的专题。她是个大明星，在苏联很受欢迎，是我最喜欢的演员。出版社挺高兴的，马上就委托我来写。

第一次交稿后，编辑说我的素材不错，但我写的东西平淡干瘪，读起来像大纲。他问我，可不可以写得更有趣一些，但我并不完全懂他的意思。于是他给了我这套书中麦克斯·林戴的小册子。麦克斯·林戴是大屏幕上的首批喜剧演员之一，在欧洲很有名。编辑让我好好看看这本册子的作者是怎么处理素材的。

我读了那本小册子，很有感触。从生动有趣的角度而言，作者干得很漂亮。他没有一句话是干瘪的大纲风格，而且所有的句子都不花哨。他用的是渲染。"麦克斯·林戴

---

[1] 这本小册子的英语版本，参见安·兰德《关于好莱坞的俄语作品》，编辑迈克尔·S. 伯利纳（玛丽安德尔湾，加利福尼亚：安·兰德研究所出版社，1999）。

于哪年哪月出生在巴黎"，不，他不会这样写，他写的是
"在春天这样那样的一天，林戴夫妇有了一个孩子"（我记
不清楚细节了）。他还会写"某年某月，巴黎一个……的区
里，一个黑头发的小男孩快乐地迈着大步朝学校走去"。实
际的句子比这个好得多，但方法就是这样的。有一句话，
直到今天我还记得住："这个优雅的身影在全世界的大屏幕
上晃动。"老电影的影像的确会晃动，而这位喜剧演员是那
种头戴礼帽、手持文明棍的类型。这样的描写突出了林戴
的荧幕形象。从这一形象中，我意识到了什么是生动有趣。
作者完全可以说"他是一位优雅的喜剧电影演员"，但是，
他把这一点变成了一个直接的画面：一个优雅的身影在全
世界的大屏幕上晃动。我从中学到了重要的一课。

　　我讲这个故事，重要的一点是：我虽然悟到了原则，
却不能立刻付诸实践。我避免使用直截了当的大纲风格，
用稍微委婉的方法处理，在可能的情况下，甚至发挥了一
点想象。波拉·尼格丽那本册子的确变得活泼了一点，编
辑满意了。我的小册子出版了，但远远比不上麦克斯·林
戴的那本。

　　在我开始写《我们活着的人》（20 世纪 30 年代早期）
之前，麦克斯·林戴的小册子一直是我心中的目标。当时
我觉得，那就是成功作者应该达到的状态，但我也知道自

己还办不到。但是，等到我开始写《我们活着的人》之际，我突然意识到："天，我办到了！"并非从始至终一直如此，但办到了。等到写《阿特拉斯耸耸肩》之际，我几乎就能随心所欲了。

培养风格，事关潜意识的训练（要花数年的时间），最重要的是，绝对不要强迫自己。我必须等待，等到我在潜意识中储备了足够多的素材，潜意识才能执行我的命令。这需要经验，还需要潜意识放松，需要整合。所以不要一开始就以风格为目标。

关于**风格，你要记住的第一件事就是忘记风格这回事。**让它自然而然地出现。风格是通过练习得来的，但不是强行的练习。首先，学会清楚明白地写出自己的想法，只有这样，你才会在未来的某一天发现拥有了自己的风格。但是，不要数着日子等待那一天的来到。在写作的时候，只需要专注于自己的题材，专注于是否清楚明白地呈现了题材。

有一些原则的确会帮助你建立风格，但在给出这些原则之前，我必须多说几句。我想着重指出的是：千万不要去背诵我要说的话，写作的时候，也不要去想它。

无论涉及风格的哪个方面，题材和主题都是核心。题材和主题不仅决定了内容和细节，还决定了所用的具体词汇和句子。你写的时候，不要去想用词有多么美，或者人们读了会有什么反应，更不要去想要如何证明自己。你只需要想自己想说什么。全力以赴地关注题材，你就能写出现阶段最好的文字。

人们经常说，艺术家是忘我的。也就是说，艺术家常常在绘画、写作的时候忘记了自己，忘记了现实，眼中只有作品。这句话也适用于非虚构作者。其实，这是一种词汇的误用，说到忘我，仿佛是说对题材的关注中没有对自我的兴趣；或者是说，只有做到忘我，才能忘掉作品之外的其他因素。事实上，全神贯注于自己的作品，是你能力范围之内最自私的事情（客观主义角度的"自私"①）。这一点符合你想要写好文章的愿望，你应该训练自己做到。但这项工作很复杂，需要用到潜意识，你必须忘记所有其他的关注点，只记住你要写什么。

科学家不会一边关注自己的实验，一边关注自尊或未来的名望。他必须全神贯注于自己的实验，心中别无他物。写作也是如此，但要做到就更难。写作完全是思维层面的工作——除了面前的一张白纸，什么都没有，这就是为什么那么多人写作都会失败的原因。眼前什么都没有，只有

① 参见《自私的美德》，特别是介绍部分和第一篇文章《客观主义者的伦理》。

一张白纸，你要关注的是自己还没有创作出来的东西，这就更难。为了写出文章，你必须找到题材和主题，以及其他相关的一切内容。实际操作的时候，科学家手里还有用来研究的实质物体，而你必须比他们更关注现实。**至少要做到与科学家一样的程度——在此语境之下，就是全神贯注**于自己的题材。

关注现实，就是追求清楚明白。风格的第一要点就是清楚明白。记住，"差不多"是行不通的。初稿的时候可以写得"差不多"，但在改稿的过程中，你要做的第一件事就是清除"差不多"的内容。清楚明白是绝对的要求，是拥有合格文风的必经之路，也是最终或许拥有绚烂个人风格的必经之路。

正如我在《文学的基本原则》①一文中说过的，风格的两个主要方面（也适用于非虚构作品），一是内容的选择，二是词语的选择。第一条指的是，为了呈现某一具体的题材，你所选择的内容或细节；第二条是指你选择的词语和句子结构。

在非虚构写作中，选择内容的主要问题可能是抽象论述与具体化之间的选择。非虚构写作主要是描写和论述，

---

① 选自《浪漫主义宣言》。

是呈现观点，事关原则，事关抽象概念。非虚构写作是在交流知识。你处理的是抽象的问题。你通过抽象的东西，也就是字词和句子，来呈现抽象的事物。然而，你必须牢记，只有具体的东西才存在——抽象的概念是对具体东西进行分类后的结果。因此，如果你在写抽象的文章，肯定会涉及这样一个问题：你以什么样的方式，在什么点上把你说的内容与现实联系在一起？

为了呈现抽象的原则，你需要解释说明（特别是在呈现新理论时）。举例能把抽象概念和现实联系起来，展示能解释抽象概念。这是具体化的一种形式。事关风格，你要做的事情就更复杂。有趣生动的表达、各种比喻、巧妙的文字创意，都与具体化有关。

在非虚构的文章中，你需要运用各种具体化的方法把题材整合起来传达给读者。具体整合的是哪些内容呢？有你要呈现的抽象概念，有现实中的具体事物，还有思想和情绪。文笔生动有趣，整合可以触及价值标准。我称其为"优秀的倾向性写作"。所谓"倾向性"，是指有选择性的写作，也就是遵循你的价值标准，而非歪曲现实的写作。你用这种方式，不仅可以影响读者的思想；还可以影响他的情绪，让他与你的文章产生共鸣。

同样的原则也适用于虚构写作，只是方法更复杂。这种具体化就是非虚构写作和虚构写作之间的相通之处。按照价值标准来选择描写具体的事物，就是虚构写作的前提。从严格的角度而言，非虚构写作只关注内容的清楚明白。使用生动有趣的文笔，则是用了虚构作品的方法。在一定程度上，你也借用了虚构写作的技巧。

为了举例说明这一点，我来分析一下我关于阿波罗8号的《简短评论》。我要讲的是，从风格的角度出发，我出于什么考虑将某些观点具体化，如果用不一样的方法来写，会怎么样。

文章开头部分只提供信息，这是典型的非虚构写作：

阿波罗8号的太空之旅，在技术上是伟大的成就。暂且不谈政府是否应该执行太空计划（不应该，但军事防御目的除外），这次航行是人类智慧的成就，是人类理性思考能力的成就。计划、计算、执行这次飞行，需要知识和准确的技术，这是壮举，绝对不是依靠本能、感觉或"随心所欲的社会惯例"就能做到的。

这是纯粹的抽象讨论。

第二段的最后一句话是："这次太空之旅是宣言，它以壮丽的姿态向全世界展示：'这就是理性的人类能办到的事情。'"从风格而言，这是渲染。我可以这样说："这就是理性的生物——人类能办到的事！"但我之前已经说过了，从给读者提供信息的角度出发，我没有必要再提人是理性的生物这一点。那么，我为什么提了呢？题材和主题决定风格。关于阿波罗 8 号的飞行任务，我想说什么呢？我并不是在讨论这次飞行，也不是在讨论理性与感性的认识论问题。我关注的是人类和人类成就的形象。

阿波罗 8 号的任务成功了，为什么人们会觉得热血沸腾呢？这是正常的人类"集体"尊严，看到人类最佳能力状态的自豪感和快乐。因此，对于普通大众而言，这次飞行的意义在于如何看待人类，这次飞行举足轻重。人是终极目的——人是所有科学成就的受益者。这是我想要表达的内容。但如果我用这样的语言来写这篇文章，就不太能达到交流的目的。从知识层面而言，你当然明白我的观点，但这样说还是太抽象了，感觉没有那么真实。如果我说"人类应该理性，人理性的时候，就幸福"，这也是抽象的观点。但是，我让读者关注到人的**形象**，就做到了具体化。我引入的东西依然是抽象的（也就是说，人的形象也是抽象的），但是，按照这篇文章题材的要求，我把它与现实联系了起来。

那我是怎么操作的呢？有几个考虑。注意我的整合方法（这是虚构写作的方法）。我想让读者感觉这一成就很了不起，值得炫耀。所以我说"这次太空之旅是宣言，它以壮丽的姿态向全世界展示"。我想提到举世瞩目这一点，但只是顺便提及。我最想要传达的是，宣言中振聋发聩的含义："这就是**理性的生物——人类能办到的事！**"我从抽象的内容转向情绪的、具体化的东西。

接下来，我是这样写的："人类迫切需要这样的提醒。看一看今天文化堕落的阴沟吧，看一看阴沟中人类的倒影吧。"在下面的内容中，如果用抽象的语言来表达可以节省篇幅，但却只是把思想意识形态的潮流罗列出来。注意，我文章中实际写下来的内容也表达了同样的意思，但却具体化了。

我们可以用更好的方法让读者认识专有名词（比如"国家主义""利他主义""非理性主义"）所包含的抽象意义。这篇文章是为了告诉读者，非理性和成就分别对人类的形象有什么影响。所以我必须用一种激发情绪的方式，让读者有真实的感受。

如果用典型的非虚构写作的语言，我就会如此总结："因此，整个世界用急切的目光注视着这一次飞行，想要看到理性的成就。"这个句子不错，说出了重要的内容，初稿这样没问题。但最后我的文章是这样的："如果你想一想，你就会明白，整个世界都在关注宇航员的行程，如此紧张，如此急切，如此热情。人类的自尊曾遭到践踏，他们渴望看到人类英雄的样子，渴望重塑自我。"这样写，虽然还有抽象的成分（人类的自尊就是一个很大的抽象概念），但已经具体化了，足够刺激读者的情感和价值观了。"人类的自尊曾遭到践踏"，措辞很强烈，理性的读者读到这里应该会觉得有点愤慨——不是因为我武断地下定论，而是因为我前面已经做了铺垫。之前我已经列出了人类今天的主流形象，确认了人类的自尊遭到了践踏；我已经给出了具体化的形象，所以当我使用强烈的措辞时，并非武断。（在"文化堕落的阴沟"中"人类的倒影"之后）我说出"人类英雄的样子"，这句话就有鼓舞的效果。这是优秀的非虚构写作，借鉴了虚构写作的方法。

下一段只有一句话："而英雄的样子被拦腰截断，这是丑行，这是悲剧。"这是声明，只为抓住读者的注意力，接下来我写道：

这时，从遥远的月球，从科学胜利的顶峰，我们期待听到宇航员传来的信息，但我们听到了什么？一个声音在背诵陈腐的废话，即便是贫民窟的福音传道士也不会选择的一段话。他在诵读《圣经》的宇宙论。

此刻，我本人仿佛感到太空舱已经解体，我们被扔在了原始黑暗的真空中。

最开始的部分（"从遥远的月球"等），只是选择性的、真实的非虚构写作。接着我写"陈腐的废话，即便是贫民窟的福音传道士也不会选择的一段话"，是为了具体化地表现我的观点。我想尽可能地少用笔墨，援引出诵读《圣经》宇宙论的不妥。我想让读者产生联想（至少在现在），这样的事情即便是街头福音传道士都不肯为之。接下来，我没有得出抽象的结论，而是描述了我个人的情感。我的主题决定了我的角度。这篇文章讲的并不是理性相对于信仰的重要性，是对特定事件的评论。因此，客观主义的语境——也就是说理性的重要性是不言而喻的。我不用证明这一点，也不用宣扬这一点，我把它当成绝对的条件。如果在此刻说我们不应该把信仰和科学混为一谈，反倒不符合文章的目的。

我是要告诉大家，在科学胜利的语境之下，诵读《圣经》的严重性和其灾难性的后果。为了达到这一目的，我并不需要去解释诵读《圣经》是非理性行为。我必须描述一种情感反应，而我能想到的最强烈的反应就是我自己的感受。如果我说"我本人觉得恶心"或者"我觉得愤慨"，就太过随性，达不到预想的效果。所以，我用具体化的词语指出我为什么有那样的感受：因为太空舱已经解体，我们回到了真空原始的黑暗中。太空舱依然还在，但感觉已经不在了。阿波罗 8 号是我们眼中的壮举，可人类这种理性的生物开始诵读《圣经》，那么从这一事件的意义而言，太空舱已经解体了。

我文章的题材是宇航员在太空中诵读《圣经》。主题是我对这一行为的看法，以及我认为这种行为不对的原因。所以，文章的高潮部分是关于诵读《圣经》的。我充分利用了之前的铺垫。

下一段本质上是非虚构的风格：

> 是什么让非理性在地球上长存不朽？你还不知道？那你现在就看到了：并不是人类中的糟粕，而是人类中的精英。是那些拒不担负思考责任的领军者——他们不是巫医，而是科学家。

大部分内容都是简单明了的陈述。此处不需要具体化或诉诸情感。唯一具体化的地方是："不是巫医，而是科学家"。这样处理是为了具体化非理性与理性这一问题。大家都知道，巫医是原始野蛮的象征，而科学家象征什么，整篇文章已经表现得非常清楚了。所以，将这两个具体化的形象并排放在一起，让非虚构的风格与现实接轨。

下面三段是进一步发挥，并不是必需的。在"不是巫医，而是科学家"这一句之后，我就可以结束文章。然而，我还想利用这些具体化的形象，进一步拓宽观点："巫医无疑助长了人类黑暗无比的迷信思想，可是与宇航员在月球的广播相比，真是小巫见大巫。"

接下来是符合这一事件的具体化处理。这一段是纯粹宣传性质的总结陈词（此处，我用的是宣传这个词的积极含义）。我请大家思考科学和人文之间的区别。我们来问两个问题。一是：面对哲学上最重要的问题，他们如此漫不经心、不假思索，如果飞行器上最不重要的仪器出了最微不足道的问题，他们会以同样的方式处理吗？人们能随便支持不成立的哲学，但没有人会如此对待飞行器或汽车。太空飞行，准确性至关重要，人们绝不会漫不经心地对待飞行，却这样对待自己的灵魂。二是：如果他们以一种有原则的、严谨的、理性的方式对待没有生命的事物，那么，是不是应该以相同的方式来对待人类的精神世界呢？

最后一段全是抽象内容："阿波罗8号的飞行，以浓缩的方式，戏剧化地展示了人类的悲剧：人类在科学领域和人文领域的认识论双标。"我并不建议新手加入哲学内容，真的不容易办到。如果你非常熟悉哲学，对文章的题材也很有把握，可以尝试。哲学完全是一个选项。我只用了几句话，所以恰如其分。我引入哲学来指导读者，人们在科学和人文的二分法方面有太多的胡说八道，我有足够的素材指出这种虚假二分法的错误。但是，我在这篇文章中，只是稍微提一下。有哲学素养的读者就会以此为跳板，进一步思考。

我所说的渲染或具体化是什么含义，到现在大家应该清楚了。什么时候具体化，以多高的频率具体化，没有定论。大致而言，要把抽象与现实联系起来，就可以具体化。这是以一种经济的方式诉诸读者的情感（特别是他的价值观），告诉读者你具体指的是什么。

怎样做才恰当，需要谨慎判断。一般而言，如果你写的是理论文章，在风格上，尽量减少具体化的地方。如果素材中本就包括了具体化的例子，偶尔用用，还是不错的，但一般而言不要用。当然，你要举例子，这不是风格，而是内容上的要求。在风格上，你不需要比喻，不需要有趣，这些都不利于清楚明白地表达。

如果你认为我写东西生动有趣，那就读一读我的《客观主义认识论导论》。这本书里，我不允许自己有任何形式的生动有趣（每个章节的结尾部分除外。我在结尾部分结合素材，谈到了文化影响或其结果）。《客观主义认识论导论》就是严格地讲理论，几乎全部是平淡的文字，没有比喻，没有花哨——只有清楚明白。然而，写中间类型的非虚构文章，是把抽象理论用于具体事物，文章中可以有一些生动有趣的元素——前提是这些东西是素材中本来就有的，不是强行加上去的。即便如此，你也不能做得过火。如果是理论文章，文章中不可能全是例子，同样的道理，中间类型的文章也不应该全是这些风格化、具体化的笔触。这样的东西要少，你要有用它们的理由，而不是为了炫技或炫耀想象力。

现在，我要补充一句，具体化的展示或渲染的笔触并不是风格的全部元素。严格的叙述本身——最抽象的非虚构写作——也有风格，也涉及与众不同的、有特点的表达习惯。个人交流的方式都来自个人的心理-认识，所以，即便最干瘪的大纲，也有个人表达的元素。没有两个人是完全一致的，每个人写东西都有一定的个人风格。如果是干瘪的大纲，不同个体之间风格的差异很小，如果是叙述的文字，区别就很大。

总结：区别个人风格的主要因素之一是作者在什么时候、以什么样的方式具体化，以及具体化到什么程度。

风格的另一个主要分支是修辞。

　　一个想法，只能用一种措辞来表达吗？这是不可能的。之前我说过，你的目标不应该是"完美的"文章，这世上就没有这东西。同样的道理，要表达某个特定的想法，也没有"完美的"措辞。它们并不存在。措辞有无限的可能性，有很多种选择。唯一绝对的标准是简单明了、准确达意。所以，措辞的指导标准就是尽可能清楚准确地表达思想。

　　在措辞这一问题上，具体化或情感涉及词语的隐含意义。

　　是否清楚明白，完全取决于词语的**指称意义**，也就是词语准确的含义。有了一个想法，不同的遣词造句表达出来，会很不一样。无论是何种语言，某些词语的含义是有微妙区别的。这些区别决定了词语的不同**隐含意义**。

　　比如，用苗条来描述一位女性，其中的隐含意义就完全不同于瘦长。"苗条"和"瘦长"这两个词都可以用来描写瘦的人，"苗条"这个词隐含的是优雅美丽，而"瘦长"这个词隐含的是笨拙。几乎每个形容词都有一系列近义词，选择哪一个，要用心。

　　我记得一个短篇故事，里面描写了一位英雄，作者写道："他洗得很干净。"她想说的是这个人很整洁。但她说"洗得很干净"，隐含的意思立刻就不整洁了，读上去仿佛是在浴室花了很多时间费力搓洗。有了这样的联想，达到的效果就不对了。应该注意避免这一点。（大多数人都是"本能地"组织语言，措辞是自动完成的，用词不当的时候，本人通常并不知道。）

注意词语的哲学含义。比如"他有勇敢的本能"，作者可能只是想表达"他勇敢"这个意思，但实际上却有"勇敢是一种本能"的错误含义。

还必须注意文化对词语的侵蚀。词语本身不具备争议性，但在延伸的文化背景下，就具备了争议性。比如，现在说某人理想主义，隐含的意思可能是不现实的愚蠢。严格意义而言，这个词并没有那个意思。但是，知道这个词现在有这个含义，那在语境不明的情况下，就不要用这个词。

一个词已被侵蚀，一定要明白什么时候可以继续使用，什么时候不要用，这一点很重要。真正的考验是：这个词被侵蚀后有什么样的意义？比如，我为"自私"这个词抗争，[①] 而这个词在口语中指的是罪犯和彼得·基廷这样的人，另外，也指高效的工业家和霍华德·罗克[②]这样

---

① 参见《自私的美德》的引言部分。
② 彼得·基廷和霍华德·罗克是《源泉》里的人物，身份是建筑师。彼得·基廷依附于人、随波逐流，是个寄生虫。霍华德·罗克是英雄，他是走在前沿的创新者，利己主义者。

的人。我就是想除掉这个词中的贬义，因此不应该放弃这个词。

作为对比，我来讲一讲"自由主义者"这个词。在19世纪，这还是一个专名，代表的是捍卫权利的人，但这个词背后从未有过一套始终连贯的政治哲学。从历史的角度而言，19世纪的自由主义，慢慢变成了现代的自由主义。（保守党曾宣称他们是真正的自由主义者，但他们已经不这样干了。）现在，有些人用"自由论者"来表明支持自由主义的立场，但也有一些现代自由主义者称自己为自由论者。各种专名混用，没有明确的意义，这在现在太普遍了，所以我就不用这些词，一个都不用。如果一个词背后的意义与你真正的主张不一样，那就不用这个，换一个。

一般而言，恰当的隐含意义，有助于清楚明白地表达。一个词，有准确的指代意义，也有特定的隐含意义。有时，这两者的确会冲突：某个词恰当地表达了你想要的隐含意义，你想用这个词，但这个词又不如另一个词更清楚——虽然另一个情感表达方面差一点。这种情况下，就要牺牲情感和隐含意义。我曾扔掉大段措辞优美的段落，因为在改稿的时候，我发现它们与清晰明白相冲突。如果是有趣和清楚明白发生了冲突，那就牺牲有趣。当然，到最后，文章会更有趣的。有趣来源于素材，也支撑了素材。

关于比喻的使用，我简单说一说。比喻，就是把一件东西比作另一件东西，对读者的意识有恰当的掌控。比如，"雪像砂糖一样白"，这就给出了雪的一种印象，让雪的印象具体化，胜过了"雪是白的"这种说法。"砂糖像雪一样白"，作用是一样的。原则：比喻分离出某一意象的特性，目的是让读者充分感受这一点。"雪是白的"和"砂糖是白的"，都只是描述性的表达。如果你说"雪像砂糖一样白"，有那么一瞬间，就让读者的头脑里同时出现了这两个意象，他脑海里既出现了砂糖，也出现了雪，并看到了两者的共同之处。这就像是在他的脑海里重构概念形成的过程，即观察两个具体的事物有什么共同的特性。

读到了自己喜欢的比喻，仔细体会自己对这个比喻的反应，你会发现，这个比喻自动具体化了某个场景、事件或局面特性，让它变得真实。

比喻就这么一回事。我之所以要这样说，就是因为文学课里，这一话题变成了神秘中的神秘。

要培养风格应该怎么做，我就说这么多。我再来谈几点禁忌，我强烈建议你不要这样做。

要点1：可以简单说清楚的东西，不要复杂化。有时，作者因为思考上出现问题而犯这一错误。还没有把事情想得足够清楚，就无法以简单的方式表达。但是，我在这里只谈风格，我说的是作者很清楚自己想说什么，却进行复杂的遣词造句。

有些作者为了掩饰他们表达的空无一物，故意这样做。尼采有一句话（见《苏鲁支语录》）说，诗人搅浑水，想看起来深沉。也有作者会故意这样做，好让读者不知所云。此处的例子是伊曼努尔·康德。如今，大多数报纸和杂志报道都是"搅浑水"和"康德排水沟"的合体。这些报道的作者写得含糊不清，想要掩盖以下的事实：（1）他们无话可说；（2）他们要说的东西是糟粕，如果直接说出来，没人能接受。

但此处我想关注的是风格上的错误。

作为一位编辑，我经常订正句子。能用两个词就说清楚的，却用了五个词，这完全是语法的问题。作为练习，你可以假定自己接到的写稿任务有字数限制。其实，即便可以写七十万字，也应该用这种限定字数的方式来写作。我写《阿特拉斯耸耸肩》的时候，就是这样做的。考虑到《阿特拉斯耸耸肩》的主题，我写得真是非常精简了。当时，我很注意，某个词或某个想法，如果不太重要，就不用。无论是报纸的专栏或长篇小说，精简的原则都是一样的。改稿的时候，也要看看有多少句子可以精简。前提是：用更少的词语可以表达同样的意思。

来看一个用滥的句型："正是这一问题助长了文化的毁灭"。更简单的表达是：这一问题助长了文化的毁灭。在一定的语境下，我们需要使用更为复杂的句式结构，以示不同的强调。但是，我经常看到在没有必要的情况下用这一句型，非常别扭。

另一个例子："因为 A、B 和 C，所以有了 D 这个结果。"句子太长，一开头就不要用"因为"。一开头，读者并不知道你要谈论 D，在知道结果之前，他得记住好多从句。不要让读者超负荷运转。你当然有权假定读者很严谨——假设他没有跳过中间内容直接看结论，而且会一步步地领会你所写的每个字和每个从句。但一开头就用"因为"，句子读完之后，读者可能还必须回到开头，重新读一遍。

规定都有例外。事实上，风格方面的规定就是用来打破的。这些规定烂熟于心，有时反其道而行之，就会有很好的效果。《我们活着的人》有一个句子很长，一页纸就这么一句话。我在这个句子中用了很多"因为"，中间用逗号隔开。这是虚构写作的策略，是故意为之的——蒙太奇的手法，聚集戏剧化的具体事实，我要从这些具体化的事实中得到结论："利奥·科瓦连斯基被宣判死刑。"

要点 2：有常见的词可用，就不要用生僻词。记住生僻词不是博学，而且博学（或者是想要表现博学的欲望）不属于风格。越简单的词语，效果越好。

我所说的并不是用矫揉造作的亲民风格与读者交流。这种风格在今天的政治表达中很常见。我说"使用简单的词语"，是从最好的角度来理解这句话。语言中，最简单的词语，最为难得。问一问自己，有什么意思不能用简单的词语来表达呢？当然，像"认识论"这样的词，理解起来并不简单（但也是哲学当中的基本词汇）。一个词，没有同义词可以代替，那就不要回避。我要引用伦纳德·培可夫说过的例子：能用"他顽固地说"，就不要用"他冥顽不化而言曰"。

此处，头号反派就是威廉·巴克利，他简直就是小丑。他的标志是：遣词造句要花一半的时间查字典。他想让你读不懂，想让你觉得惭愧，觉得低人一等。但实际的效果是，你没有了阅读的兴致。

凡是你觉得应该写"他冥顽不化而言曰"这样的句子的情况，都不要写。有很多简单的同义词，更具表达力，更加直接。作品中有读者不懂的词，他就无法理解这个词所表达的内容。然而，风格的主要作用是为了尽量清晰有力地表达内容。

有些生僻字是废弃不用的，有些作者想有学者的样子，不想做"普通人"，就可能会用这些词。这些词是陈旧的学术界的残留物，现在，优秀的作家不会用这些词。比如，艾瑞克·弗洛姆[①]（他的观点真是犀利），一位优秀的非虚构作者，措辞很简单，同行看得懂，受过教育的外行也看得懂。在这方面，他就是巴克利的对立面。顺便说一句，用词简单也是弗洛姆名声在外的原因之一。

要点3：不要用贬义的形容词，不要讽刺挖苦，也不要不合时宜地幽默。

写初稿，就是要充分表达出自己的感受。比如，我在初稿中甚至还写过"卑鄙无耻的杂种"，但我知道终稿中不会有它们的影子。初稿中这样写，只是表明我要表达出强烈的愤慨，要证明这种情绪的存在。

为什么从风格的角度而言，这样的词语就不好呢？因

---

① 美籍德国犹太人，国际知名的人本主义哲学家和精神分析心理学家。毕生旨在修改弗洛伊德的精神分析学说，以切合发生两次"世界大战"后的西方人的精神处境，被尊为"精神分析社会学"的奠基人之一。（译者注）

为它们太放肆了。无根据地表达情感（用侮辱或贬义的形容词），从风格的角度而言，是武断任意；从哲学的角度而言，是感情主义。它们在风格上等同于那种搬弄是非的吵架，弱化了文章的效果。即便你措辞强烈是有理由的，轻描淡写的效果通常更好。

轻描淡写，读者知道你在说什么，剩下的话就由他自己脑补了，这正是你想要的效果。你夸大其词，读者就充耳不闻。你没有给他时间，没有让他自己得出结论，就好像你在朝他大喊大叫。观察一下舞台，有时必须有大喊大叫的场景，但大多数著名的戏剧场景，让你感到不寒而栗的是那些轻轻说出来的简单句子。夸大其词，就是放下了武器。在有充分理由的情况下，人都是不会大喊大叫的。作者轻描淡写地表达自己的想法，传达出的感觉是对自己立场的无比确信。

我的文章《人类的安魂曲》针对的是教皇的通谕《论人类的发展》，我写作时怒不可遏，但我并没有表达自己的愤怒，我轻描淡写地表达了自己的想法："任何人，如果宣称人类的努力不重要——他可能有任何动机，但不能说对人类有爱。"有些情况下也可以公然使用贬义形容词，但那是例外。

讽刺挖苦也是同样的道理，要慎用。一般原则是，为挖苦讽刺奠定好基础。确定自己为什么要挖苦讽刺。没有合适的语境，贸然使用挖苦讽刺，就成了恐吓式的辩论[①]：你通过恐吓来"说服"读者，效果上就相当于——"你说A，我不把你当回事，极尽讽刺挖苦，不理睬你的观点"。作者不理睬读者毫无意义。然而，如果奠定了充分的基础，用一点点讽刺的笔调，风格上就很吸引人了。当然，有些题材，除了用讽刺挖苦没有别的选择。

　　我对挖苦讽刺的看法，同样适用于其他幽默的形式。幽默必须与内容匹配。如果读者不知道你在笑什么，不知道你为什么要笑，那就是不合时宜的幽默。你没有给出理由，却给出了幽默的替代品——一种恐吓式的辩论，本应该反驳观点，你却用幽默来回避。

　　文章的调子，大致分为两类：严肃和幽默。采用哪种，取决于你对题材的评估——即你想严肃对待这一题材，还是幽默对待。理论文章必须严肃，这是普遍的原则。理论文章中可以有幽默的笔触，但并不常见。如果用幽默的调子来写理论文章，从基本的角度而言是非常不妥的，你这是在嘲笑自己所选的素材。中间类型的文章，选择范围要宽泛一些。

[①]　参见安·兰德《出于恐吓的辩论》，见于《自私的美德》。

本质上，幽默是对某件事情的重要性或对其形而上学意义的否定。因此，要用何种幽默的方式，取决于你嘲笑的是什么。如果你嘲笑的是邪恶，你的幽默就仁慈。如果你嘲笑的是善良，你的幽默就恶毒。

不可以嘲笑不幸。在任何情况下，都不能用幽默的笔触去描写悲惨和痛苦的事件或问题——比如死亡、墓地、刑讯室、集中营、处决等，这是一种"恶心的幽默"。虽然这些事情有可嘲笑的地方，但人们不应该觉得它们有趣。比如，关于纳粹的喜剧。我非常反感战争喜剧。战争本身就够糟糕了，战争和独裁结合并不能成为合适的喜剧题材。这一点在虚构写作和非虚构写作中都适用。

你不能用幽默的手法去处理悲惨、痛苦、不幸的事件。同样的道理，你也不能如此处理重要的、美好的题材。即便你的初衷无可指摘，但幽默地书写人类的英勇，就写不出好文章。通常情况下，如果有人取笑英雄，那是因为他反对英雄主义。

在非虚构文章当中，什么才是恰当的幽默呢？我从《致新知识分子》①中选取了一个关于黑格尔的段落作为例子。在描述黑格尔的哲学时，我写道："物理宇宙的无

---

① 安·兰德，《致新知识分子》（纽约：新美利坚图书馆，1961）。

限……不是源自对事实的观察，而是指想三遍黑格尔脑子里的东西。"这里我是为了搞笑或幽默。我并不是否认这一题材（哲学史）的严肃性，但我想指出的是，我并不把黑格尔当回事，我们并不需要去操心这个大怪兽。

关于幽默，大致总结一下，要注意的是，恰如其分的幽默需要有基本的前提，有这些前提才笑得出来。比如，我们不赞同黑格尔，我嘲笑了他，什么时候你也觉得好笑呢？那就是你对他的基本看法与我一致。如果对方是黑格尔派的哲学家，就不会觉得好笑，这一点是写作时需要注意的。你的读者如果不赞同你的前提，你的幽默就毫无效果。你写文章反驳某些观点，什么时候可以幽默呢？只有在确定读者认同你的幽默有趣的时候。

要点 4：不要用陈词滥调。陈词滥调就是罐装好的材料。写初稿的时候，需要添加一些色彩，你想到了陈词滥调的表达，你想继续写下去，这时也可以把这一表达暂时留下，以表明自己想说什么。但是，终稿里面不能有这样的表达。

陈词滥调不战自败。在《源泉》这本书中，奥斯汀·海勒说，所有可选择的房子看起来都差不多，与他之前见过的都类似，他就像什么都没看见一样。太熟悉，就会直接无视掉。同样，陈词滥调并不能让文章生动有趣，只会抹杀你想强调的内容。在改稿的过程中，如果你无法做到原创而有趣，那就平铺直叙好了。不要留下任何陈词滥调。读者读了，只会觉得是不当的模仿。

当然也有例外的情况。比如，你在讨论像休伯特·汉弗莱①这样的人物时，想要表现出他模仿别人或饶舌这一特点，就选出他演讲中最陈腐的段落，注意要选出现频率高的内容。某个政客很会演讲，只是偶尔有些陈腐之言，你把这些例外的情况选出来，就不够诚恳。但是，要塑造休伯特·汉弗莱的特点，那选择就太丰富了，凡是从他嘴里出来的，要么是含混之词，要么是陈词滥调。

要点5：没有必要使用的同义词，不要用。通常大家认为，作者绝不应该在几句话中重复使用同一个词。如果意思相近，就应该换一个词。这是一个严重的错误。

一些旧小说中就有这种错误的简单例子，例如：

"你怎么样？"他说道。

"非常好，谢谢。"她回答道。

"听到你这样说，我就放心了。"他断言道。

---

① 美国政治家，第38任美国副总统。（译者注）

"哦，是吗？"她讲道。

这样写，集合了几个同义词，很别扭。如果想说的是"他说"和"她说"，就直接用好了。非要找不一样的同义词，完全没有必要。

这样的问题也出现在非虚构写作当中。比如说，"哲学"这个词出现的频率太高了，也许就想换成近义词"智慧""意识形态""思想体系""世界观"等。两个句子里，同一个词用上六次，固然会别扭，但解决的办法并不是去找近义词替代，而是改变句子的结构，不要重复这个词。很多时候，用代词就能解决问题，比如，用"它"而不是"哲学"。但是，如果这个词的重复使用是必须的，那改变句子结构就会带来不必要的麻烦。这种时候，那就让它重复好了。如果是语境的需要，读者也不会觉得突兀。

词语重复使用，即便有些扎眼，也好过仅仅为了不重复而去用别扭的同义词。使用同义词，并不是讲究意义的差异，而仅仅是为了避免重复，那读起来就很假。而且，改变用词，不是为了内容，而是为了形式，读者会觉得你改变了主语，会感到迷惑。"哲学"这个词尤为如此，这个词没有对等的同义词。"哲学"的意思与"思想体系"或"世界观"并不完全对等。事实上，几乎所有的词都没有意义完全对等的同义词。分类词典提供的同义词，没有完全一样的意义。在非虚构写作当中，特别是关于严肃的题材，每换一个词，你就引入了一个稍微不同的隐含意义，读者完全有理由认为你在谈论别的东西。

现在我来讲一讲风格领域的其他问题：强调、过渡、节奏和戏剧化。

强　调

有时，一个句子挺别扭，但又说不清楚原因。原则不变：如果有疑虑，就参考自己真正想表达的意思。如果是整篇文章都别扭，就以自己的主题为参考标准；如果是某个句子，就参考自己想要表达的意思。

英语中有不同的语法结构，你可以从中选择，强调自己想强调的部分。同样的字词在一个句子中，不同的安排顺序会有不一样的强调效果。如果明显的问题都得到了更正，句子还是看起来别扭，可能就是强调的部分没有弄对。比如，我听过一句挺美的诗，大概的意思是："你对我微笑，我幸福了一整天。"如果写成"我幸福了一整天，你对我微笑"，强调的部分就不一样了，意义也有所不同。（这两句话在语法上都是成立的。）第一个版本，强调的是说话人的幸福源于他所爱的人的微笑。第二个版本，强调的是他的幸福，再顺带说一下原因。

《时尚先生》曾经登过一篇文章，一群人（包括我本人）接受采访，问题是阿波罗 11 号的宇航员登月之后，他们应该说什么。一位喜剧女演员建议的是："迈阿密海滩，哦，这里不是。"①如果换成："哦，这里不是迈阿密海滩"，两者意思是不一样的。这并不仅仅是意第绪语语言结构的问题，而是放错了重点。这位喜剧女演员所用的句子结构，表明她想的是迈阿密海滩，这就是她想要的。她的第一反应是：嗯，这不是迈阿密海滩。因此，她对登月不感兴趣。而另一种说法"这里不是迈阿密海滩"，则没有特别的意义，因为这里也不是纽约，也不是巴黎。所以，第二个句子传达出来的意思，就不同于第一个古怪的句子结构。

词语摆放的位置不一样，重点就会发生改变，这种例子在《时代》杂志上比比皆是。我记得《时代》杂志这样描写某位雄心壮志、精力充沛的男性："有才干，就是他。"这本杂志就爱这样写。这样的句子在语法上并不完全说得

---

① 威廉·H. 霍南，《最准确的词，为了月亮》，刊登于《时尚先生》1969 年 7 月。此处的喜剧女演员是耶特·布隆斯坦（1968 年的"犹太母亲"，竞选过美国总统）。安·兰德本人的回答是："人类的壮举！"

通，但意思很清楚，而且有一定的强调效果。如果写的是"他就是有才干"，语气就弱了。顺便说一句，虽然这种风格很有意思，但《时代》用得太频繁，也用滥了。不同寻常的结构，一旦习以为常，就没有了强调的效果。所以这种技巧，还是要慎用。

最后，要注意的是，几个表达方式在语法上都说得通，那就选择最通顺的那个句子，这样的句子才传达出了你真正想强调的部分。

过　渡

关于过渡，有很多误解。有人觉得，段落与段落之间，就应该有过渡。但其实，这种看法是大错特错。如果段落与段落之间应该有过渡，那句子与句子之间也应该有过渡。如果句子之间要有过渡，又应该用什么呢？如果句子之间有逻辑，就没有必要用什么过渡。句子之间，段落之间，章节之间，卷册之间，它们的联系是逻辑。

你在讨论题材的某一面，到下一个段落，还在讨论这一面，那其中就有逻辑的过渡，没有必要特意去搭建桥梁。如果要转而论述题材的另一面，就需要过渡。如果上下文之间的联系并不明显，就需要过渡。如果句子之间或段落之间很连贯，你则可以信赖读者自己的整合能力。你必须假定读者可以跟上其中的逻辑进展。如果文章清楚明白，有逻辑，而读者还是不明白第一段在说什么，为什么又有了后面的第二段和第三段，那他就没有能力阅读这篇文章，即便有过渡也无济于事。写作的前提是：读者不需要你手把手地引导他去读下一段内容。

一个段落结束，就是一个停顿，自然而然地提醒读者，这部分内容结束了，下面的新内容与之前的有联系。读者必须自动快速地整合这一点。

改稿子的时候，就要从读者向导的角度出发。如果你引入了某个观点，下面五个段落分别从不同的方面进行讨论。那么，每一个方面展开之前，也许就应该提醒读者你的主要观点是什么。（这也不是真正的过渡，而是提醒。）你要判断每部分内容对读者来说是否过长，读者是否记得住。没有读者不能立刻察觉的转向，就不需要过渡。

虚构写作必须隐藏过渡。但是，对于非虚构写作，（必要的）过渡表现得越公开，越简单，就越好。在非虚构写作中隐藏过渡，容易让人糊涂、让人感觉造作。比如，你在谈混合型经济的政治，现在想谈一下经济学，就简单地说：“现在，我们来考虑一下混合型经济的经济学。”或者：“现在转而谈一谈经济学。”要信任读者。指示简单有逻辑，他们自动就知道你在转换角度，并进行理解整合。

如果你忽略了必要的过渡，读者看到新的段落，就会停下来，他会读一读这一段的开头，再返回上一段，自己去建立这两段之间的过渡关系。他会想："哦，我明白了。他现在不再讨论政治，要讨论经济学了。"不要把这件事留给读者。

过渡越是简单明了，越好。假设你说："既然我们已经讨论了混合型经济的政治，我们接下来转而谈论混合型经济的经济学。"这样的重复让人厌烦，没有必要，而且还让人糊涂。在阅读的过程中，读者假定的前提是，作者每做一件事都是有目的的。本没有必要概括，作者却在概括，读者就会觉得自己是不是忽略了什么内容，为什么作者要有意如此重复。结果是你瞬时误导了读者。

有时，有必要告诉读者你要从几个方面来讨论问题。比如，你要讨论混合型经济的不良后果，还想确保读者都记得住，那就编号。偶尔使用这种方法，有助于整合素材。有了编号，读者就知道这些内容都属于同一部分。如果讨论篇幅长，等到读者看完最后的第五条，也可以轻松回到这部分的开始，找一找其他的内容。但是，不要滥用这一方法。一篇文章中，好几个地方都用数字编号，就容易混淆。

使用了编号，编号的内容已经讲完了，一定要清楚地让读者明白这一点。通常而言，内容本身足够明确，但有时你需要过渡句，表明已经讲完了，现在要进入下一个部分。怎么做呢？方法很多，但最简单的过渡形式大概就是："以上就是混合型经济的后果。"

有时，句子结构本身就提供了过渡。这一方法较为复杂，我想以《什么是浪漫主义？》举例说明。以下是这篇文章的头两段：

> 浪漫主义是一种基于人具有意志能力这一原则的认识而形成的艺术范畴。
>
> 艺术是艺术家根据自己形而上学的价值判断，对现实的选择性再创造。艺术家再现了现实的某些方面，表达了他对人和存在的基本看法。要对人的本性形成某种看法，人必须回答一个基本问题，那就是人是否具有意志力——有关人类所有的特性、要求和行为的结论、评价都取决于这个答案。

首先，我给出了浪漫主义的普遍定义。（当然，我必须验证这一定义。）接下来，我进入了更为广泛的抽象概念，定义了艺术。我指出艺术家是如何呈现自己对人和存在的基本观点，人是否具有意志力等基本问题。

这些抽象信息为接下来的内容奠定了基础。但是，我必须回来讨论这一问题对浪漫主义本质的影响。我接下来的句子（第三段）是，"这一问题的两个答案构成了两大艺术范畴各自的基本前提：承认人的意志存在，浪漫主义；否认人的意志存在，自然主义"。这个句子就是过渡。

要注意的是，我也可以省掉这一过渡，给第三段换一个开头——"有两大艺术范畴……"之类的。这样写，意思还是清楚的，但略微有些脱节。所以，我在句子结构上增添了内容作为过渡，但并没有单独写过渡句。我并没有宣布"有两大艺术范畴"，我写的是"这一问题的两个答案构成了两大艺术范畴各自的基本前提"，但我还没有明确"两个"的具体内容。就这样，我完成了从广义抽象讨论转向的过渡。在抽象讨论部分，我只是指出与文章具体题材相关的抽象基础。接着，我就转而讨论浪漫主义，我用一个句子完成了过渡并进入下一部分。这样读起来更顺畅，既说明了我之前提供抽象基础的原因，又说明了为什么我要把艺术分为两大范畴，以及它们的本质是什么。在开始进一步讨论两大范畴之前，我指出，涉及所有艺术形式的关键问题，有两种对立的答案。一个句子，一石多鸟。

利用句子的结构进行过渡，不单独写"我要从抽象转入具体"。

然而，如果文章开头这样用，就很别扭。如果开头就是"这一问题的两个答案"，就会出现一系列未回答的问题：为什么我要倒叙？我还没有给出基本的问题是什么，为什么就要如此开头？为什么还没有给出两大范畴就要开始讨论？

从风格的角度而言，流畅的表达取决于思维进程的内在逻辑。如果遵循逻辑，句子中间没有过多的停顿，（再加上改稿）就是流畅、有逻辑的文章。如果行文别扭或脱节，那就是作者本人想法不确定的结果。要么他没有遵循内在逻辑，要么他没有充分整合思维，所以他写得就随意，更多的情况是，他在显意识的状态下写作，刻意雕刻句子。（没有潜意识的整合，在显意识的状态下写作，会造成行文不畅。）

节 奏

节奏是非常棘手的问题，我建议不要刻意为之。

诗歌的韵律是固定的形式，不同的类型有不同的规定，不会成为问题。但是，文章的句子节奏就复杂了。毕竟，节奏主要是**音乐**范畴的东西，不是概念。节奏，就是某些声音在我们大脑里产生的感觉。节奏是声音的进程和安排，以及声音之间的间隔。文章与音乐在这方面遇到的问题是一样的：无法客观地评价为什么有些声音组合起来就会给我们特定的感受。[①] 目前，还没有准确的原则来解释为什么某个句子有节奏感。

　　节奏涉及的不仅有心理学，还有神经学，事关感觉抵达大脑的方式，还有感觉产生的时机和它们之间的关系。这并不神秘，只是一种知觉意识，一种与我们的听觉器官发展相关的意识。

　　所以，不要因此而发愁，不要有意识地把"有节奏"当成目标。自然而然的状态最好。写的过程中，你觉得哪个地方需要多一个词，多一个字，就是在培养节奏感，注意一下，就能做得很好。这个问题，就像音乐一样，最终只能自己解决。此时此刻，你必须依赖已有的节奏感，靠自己的耳朵来判断是别扭还是顺畅。（当然，句子的节奏感好不好，大家还是有很多共识的。）

　　节奏与强调之间有关联。句子强调的部分不对，节奏

---

① 参见安·兰德对音乐的讨论，《艺术和认知》，见于《浪漫主义宣言》。

感很有可能也会别扭。听起来就失衡，感觉没有说完。类似的道理，节奏与准确之间也有关联。句子里有多余的词语，读起来也有失衡的感觉，但这两者之间的关联并不绝对。

什么是好的节奏，什么是糟糕的节奏？我在《什么是浪漫主义？》中说过一句话："没有哲学，人类不能生活，也无法写作。"这句话的节奏没问题。但是，如果写成"没有哲学，人类不能生活，也无法写多少东西"，此处，就不仅仅是内容的问题（当然，两个句子的内容稍有不同，这也就说明了节奏与准确之间的联系），节奏也很糟糕。听起来脱节，有几个字好像是多余的。

听到声音，我们的整合机制需要达到一种平衡。音乐上的序列通常被分割成了对等的短语组合。结构上的逻辑要求有完整的序列，如果没有，会感觉少了点什么，有些焦躁。这是一种缺点什么或失衡的感觉。乐句不完整，感觉很糟糕，句子的节奏也是一样的。

一定要避免押韵。没有韵脚的"诗作"既不是散文，也不是诗歌，什么都不是。同样的道理，文章的句子出现了韵脚，也会格格不入，听起来不自然。你会走神，会想起别的文体。文章出现了韵脚，会让人迷糊。

如果必须在节奏与意思清楚之间选择，那就牺牲节奏。

不选择牺牲，那就要调整节奏，有好的节奏才有好的风格。通常来说，这并不困难。总是可以删去多余的字词。

等有人定义了节奏的组成部分（这需要神经学家、心理学家和美学家合力完成），我们就有了更准确的判断标准。但是，在这方面，没有必要无所不知，凭借自己的节奏感就可以判断。如果你还没有节奏感，也不一定有写作上的缺陷。所以，不用太操心节奏这件事。

风格的其他方面不能刻意为之，节奏尤其不能。必须通过潜意识的整合，让风格自然产生。

戏剧化

在非虚构写作中，戏剧化是一种吸引或抓住读者兴趣的方式。这是一种间接的方式，必须简短，其中要有出乎意料或能激发兴趣的内容。通常是脱离了语境或比逻辑进程提前一两个段落的话。

我们来考虑一个极端的例子，假如某个作者的文章开头写"无论你知道与否，你都是杀人犯"，这就是很戏剧化的开头，立刻就吸引了你的注意力。作者接着解释这篇文章讲的是福利国家，如果你曾投票支持福利措施，你就要为未知的"毁灭"负责，也许甚至是为死亡负责。他的结论就是，如果你投票支持自由主义者，就坏到了杀人的程度。以上内容是言过其实，却说明了戏剧化这种方法的效果。

不要刻意追求戏剧化（新手更是如此）。刻意追求，得到的效果不是戏剧化，而是造作。让素材自然孕育出戏剧化来。行文直截了当，有逻辑，自然就会出现戏剧化的笔触，这种时候，它们就恰如其分，给文章添色，但不要刻意。记住，戏剧化并不是非虚构写作的本质，而有些写作课程却正是这样教的。

最后一点，如果戏剧化和清楚出现冲突，就牺牲戏剧化。风格的其他方面也应该如此处理。

接下来，我要比较两种不同的风格。有两篇新闻类的文章，处理的是同一素材，我从中选取了部分段落，以此展示不同的风格元素。请大家注意内容的选择和字词的选择，注意不同的前提如何影响行文的方式。

两篇文章报道的都是 1969 年阿波罗 11 号的发射，选取的部分都包含：（1）描写发射前夕聚在泰特斯维尔（距离发射地点最近的城市，大约十英里的距离）的人群；（2）从河的对面描写夜色中的阿波罗 11 号。

选自《阿波罗 11 号》，作者：安·兰德 [1]

印第安河的岸边，全是小汽车、卡车和房车，道路两边的空地上、草坪上，还有河堤的斜坡上，挤得满满当当，不留空隙。水边支着帐篷，男人和孩子们睡在旅行车的车顶上，极尽疲惫之态。我还看见一个半裸的男子，躺在拴于汽车和树干之间的吊床上。这些人从全美各地赶来，聚集在河边，准备观看数英里之外的发射。（我们后来听说，那天晚上，肯尼迪角附近，所有的社区都挤满了兴致勃勃、耐心等待的人群，数量达到了一百万。）当时，我不明白为什么他们有如此强烈的愿望，就为了看那么几秒钟的时间，几小时之后，我明白了。

天还黑着，我们沿着河岸开车。天空和水面连在一起，看起来就像黑蓝色的柔软固态，冰冷而空洞。目光越过河面，除了岸边一动不动的黑色树丛，两件东西标识出天空和地面：在遥远的空中，有一颗孤独的星星；地面上，远处，两个巨大的白色柱状体，矗立在空荡荡的夜色中。两边有直立的竖井，闪着光，就像是发光的冰柱——它们就是阿波罗 11 号和发射塔。

---

[1] 《理性的声音》。

选自《阿波罗登月之飞跃》，作者：劳登·温莱特[①]

从美国 1 号公路的两边到河边，水泄不通，成千上万辆房车、露营车、帐篷，还有各式各样的临时搭建物。人们懒洋洋地躺在草地上，婴儿睡在引擎盖和车顶上的摇篮里，父子们正在组装望远镜，到处都是一群群穿着短裤和比基尼的年轻人，跑来跑去。夜色中，10 英里之外，清晰可见的是阿波罗 11 号，沐浴在探照灯中，远远望去，就像黑暗中的一小束光。这么多人，就像参加野餐会一样，聚集在此，就是要看到助推器打个嗝，施展神力，把他们的同类抛向月球。

到了第二天早上，更多的地方——露营营地、海滩、码头，所有能看到航空中心的地方都挤满了观看者。开车经过延绵 30 英里的人群，真是蔚为壮观，看到的全是一张张的面孔，朝着同一方向，凝望 30 秒的历史。

这两个选段在风格上，是展示与告知的区别。[②] 我并不是职业记者，但我在文章中设定的前提是如实报道，现

---

① 选自《生活》，1969 年 7 月 25 日，第 4 期第 67 卷。

② 参见安·兰德讨论风格的章节，《虚构写作的艺术：作者和读者指南》，编辑托雷·伯格曼（纽约：普卢姆出版社，2000），还有相关讨论，《文学的基本原则》，见于《浪漫主义宣言》。

在的记者并不使用这一前提（如果他们要用，就是新闻界的巨人）。我把场景展示在你的眼前，我并不告知。想让读者有在现场的感觉，那就有选择性地具体化，不要泛泛而谈。我想以我的所见重建这一事件，刻意回避了直接的编辑。我通过具体的事物给出编者角度的观点，无论读者接受与否，他都感觉看到了这一事件。然而，典型的记者只就这一事件进行告知。

　　注意记者是如何告知的。比如，我写的是："印第安河的岸边，全是小汽车、卡车和房车，道路两边的空地上、草坪上，还有河堤的斜坡上，挤得满满当当，不留空隙。"温莱特写的是："从美国 1 号公路的两边到河边，水泄不通，成千上万辆房车、露营车、帐篷，还有各式各样的临时搭建物。"在风格上，他错在"各式各样"。没有必要。他列出了不同的车型和这些车子停放的位置，我也列出来了，但我说的是，所有能用的空间都挤满了，提供了几种利用空间的例子。我给出了足够多的具体事物，读者就能感受到人很多。我没有大概估计数量。提到小汽车、卡车和房车，这就够了。读者可以自行推测，肯定还有其他的车型。但是，温莱特补充说"各式各样的临时搭建物"，这种抽象描述就不对。这几个词破坏了具体事物的现实感，现实中你看不到"各式各样"这种东西。他破坏了对现场的第一手感知，给作者提供了编者角度的总结。

同样，他写"到处都是一群群穿着短裤和比基尼的年轻人，跑来跑去"，也犯下了同样的错误。事实上，不可能真的是"到处"，这样说太草率，其实他表达的是"我看到了很多这样的年轻人"，这样夸大其词的概括破坏了现场具体化的现实感。

他最好的一句话是："开车经过延绵 30 英里的人群，真是蔚为壮观，看到的全是一张张的面孔，朝着同一方向，凝望 30 秒的历史。"他抽象地组合并浓缩了具体的事物。面孔的确不可能凝望历史，但这种表达恰如其分。数英里的距离，所有的面孔都凝望一个方向。另一个事实就是火箭发射持续的时间仅有 30 秒，他把这两方面结合起来写，有新意。这里说的是发射升空，但他表达的是这 30 秒代表了历史，戏剧化地把几个复杂的想法浓缩到了一个意象当中。

你不可能把所有的细节都写到文章中，那么选择就变得非常重要。我在《生命的艺术和意义》一文中讨论了这一问题。[①]文章一开头，我描写了一位美丽女性的画像，这位女性嘴边长了疱疹，借此表达了一个观点：艺术品中的

———————————

① 《浪漫主义宣言》。

每个细节，存在，就有分量。同样的原则也适用于非虚构写作。写作不可能像摄影一样，囊括一切。因此，整体效果是由所选择的具体事物决定的，即便新闻报道也是如此。我和温莱特描述的都是同一场景，但是，我只选择了相关的细节——涉及人群的时候，只有与整体形象相关的细节：人群的目的性，人们愿意忍受不舒服。比如，那个躺在吊床上的半裸男人。那个位置不会舒服，却展示了他的巧思和决心。

温莱特最糟糕的选择是"到处都是一群群穿着短裤和比基尼的年轻人，跑来跑去"。我没有看见有人穿着短裤或比基尼，也没有看见他们到处跑。温莱特很有可能（因为漫不经心）把发射之前晚上的场景与发射当天晚上的场景结合起来了。火箭发射后，路上堵得一塌糊涂，的确看见了很多穿短裤和比基尼的人。发射之后，白天酷热难挨，如果要描写这一点，提到短裤和比基尼就恰如其分。但是，发射之前的那个晚上，我看到的是大家都不怎么动弹。到处都挤得满满当当，也没有地方跑来跑去。即便有男孩穿着短裤或有女孩穿着比基尼，跑去买个三明治、到另一辆车中见朋友，这也是偶然一见的非典型元素，不应该写到文章中。温莱特把这样非本质的东西写到文章中，错误地增添了马戏团的氛围。人们因为一件了不起的事情从四面八方聚集而来，在描写这样的人群时，不要引入什么比基尼。如果要提，也应该映衬重要的事情。但是，他把短裤和比基尼当作氛围的本质来描写。

我选择的所有内容都是为整体服务的，都有目的。我不会去想哪个男孩的短裤或哪个女孩的比基尼。可是温莱特没有价值判断的等级，因此其选择就不具备有意识的目的性。我知道什么是偶然的，什么是人群的典型特点。比如，那个躺在吊床上的男人。他可能是唯一这样躺着的人，但很典型，他代表了人们如何调整应对不舒服。因此，我把他写到了文章中。而且，温莱特没有写出人群的情绪——如果非要说，他反而削弱了这一点。他使用了"人们懒洋洋地躺在"和"跑来跑去"这样的表达，读者就不太清楚这到底是野餐还是什么，而且他自己也用了"野餐"这个词。这样的描述就等于零。

有些情景之下，你想描述一群没有目的的人。这种时候，你就可以采取温莱特的方法：随意的选择，对立的细节。但是，他描述的是有目的性的事件——一群人聚在一起，有明确的目的。我们看得出来大家对这件事情的情绪，人们的态度很认真。但是，他没有表现出这一点。

对待一个事件，角度不同，写作的方式就不同。阿波罗 11 号在夜色中的场景，温莱特的关注点是人群，不是火箭。我对人群的描写跟他的一样多，但人群不是舞台的焦点。在我的文章中，人群是用来突出事件的重要性的。我就是这么组织素材的。基本的前提如何引导你选择内容，引导你以何种方式去呈现事件，这一切都是你无法刻意规划的。

如果你想要微妙的风格，营造出某种感觉，观察下面这个句子："水边支着帐篷，男人和孩子们睡在旅行车的车顶上，极尽疲惫之态。我还看见一个半裸的男子，躺在拴于汽车和树干之间的吊床上。"这一段描写比较零碎，而且很直接，很随意。我这样写，想给读者一种蒙太奇的感觉（当时我和弗兰克是开车经过）。我再次用了真实的视觉感知。我没有看到整个进程，但看到了一个个典型的场景。事实是，所有这些具体事物都属于同一场景，它们凑在一起，读者就感觉到了人群的数量，他们就会感觉不舒服和疲惫。后来，我说"兴致勃勃、耐心等待的人群"，如果我之前没有给出具体的细节，那这句话就是没有根据的估计。如果我流畅地用一个句子来形容人群，那就是编者的总结，但我只想展示我看到的东西。这种情况下，一定要努力用本质的东西，把你感知到的重建给读者看。

现在来看一看温莱特的这句话："这么多人，就像参加野餐会一样，聚集在此，就是要看到助推器打个嗝，施展神力，把他们的同类抛向月球。"这就恶心了。首先，请注意他的选词，再想一想我讨论过的隐含意义。只有想要贬低什么东西，我才会用"打个嗝"这样的词。这不是他的初衷，但这个词用在这里，非常不妥。"他们的同类"，从这样的字眼中，也可以瞥见他对人类动机的轻视。

再看一看时间元素的混杂。他在描写发射前夜，而第二段的开头是："到了第二天早上，更多的地方……"那么，在他的心里，头一句话的打嗝和抛甩是头天晚上的事。这就失真了。他预测了之后才看到的东西，这一来，读者就迷惑了。他想要告诉读者的是，在那天晚上，他想象人群会看到什么。不仅这一点让人迷惑，而且他预测的是即将发生的重大事件，这样的预测太让人扫兴，太冒昧。他没有理由这样做。即便是描写小事件，这样的角度也很糟糕，想一想这件事情的伟大本质，难以相信他如此冒昧。

前所未有的重大事件，一百万人不辞辛苦前来观看，记者说"我知道会发生什么，会有火苗打嗝，人的同类被抛出去"，这就是放肆和冒昧。一边是真正描述这件事情，一边是他想象中的陈词滥调，他看不到这两者之间的区别。我可不敢这样做。我有自己的文学和哲学设定，做不出这样的事情。如果我觉得这一事件很大，我就让它自己发声。

如果我失望了，我就会说："我本以为气势还要磅礴些。"但事实是，我没有失望，我看到的宏伟程度超过了我的想象！

不要预测你**认为**这个事件会是什么样子。事情还没有发生，自己就跑到时间的前面，不要这样。如果你有价值判断，想要预测（我就这样做了），要通过选择出来的具体事物来投射，不要通过自己的想象来建构。

温莱特的选词还有其他的问题。他说"人们懒洋洋地躺在草地上"，那天晚上，没有人懒洋洋地躺着。即便是他看到有人坐在草地上，"懒洋洋地躺着"也破坏了画面。酷热难耐，而且整晚都必须醒着，不会有人"懒洋洋地躺在草地上"。如果你当时在场，看到了那些人，就不会用这样放松的表达。同样，他不应该用"野餐"这个词。再说一次，用词的时候要注意隐含意义。

从选词的角度，在描写夜色中的阿波罗 11 号时，他犯下的错误最严重："夜色中，10 英里之外，清晰可见的是阿波罗 11 号，沐浴在探照灯中，远远望去，就像黑暗中的一小束光。"这句话尤其让我愤怒。我目睹了整个过程，才来描写这个宏伟的场景。有人如此打发这一场景，真是非常糟糕。"沐浴在探照灯中"是陈词滥调，这是选词不当，即便不得不用，也更适合描写室内的东西（比如"沐浴在灯光中的起居室"）。但是，温莱特却用这个不贴切的陈词滥调来描写无比宏伟的场景。我几乎有了面对不劳而获者的愤怒。温莱特没有用心，他不配做这项工作。

而且，那些也不是探照灯，探照灯要移动。它们就是固定在阿波罗 11 号和发射塔周围的巨型灯组。这很好地说明了展示和告知之间的区别。温莱特给出了不准确的认知总结，他告诉读者那是"探照灯"，没有真实地描写场景让读者自己去判断，到底是探照灯还是什么别的灯。他没有展示出他所看见的东西，他进行了总结。

之前我说过，通过识别糟糕的文章，并且找到那些文章糟糕的理由，你可以提高自己的写作能力，明白其中的抽象写作原则。我希望，通过这样的比较，你能明白我的建议到底是什么意思。

第九章　书评和序言

如果训练有素，写书评是一门正当的职业。书评有两层意思：对出版物进行报道，对出版物进行评价。评论者既是记者，又是侦察员，毕竟没有人可以读遍所有的出版物。

以前，有的书评人，因为可靠，还有追随者。他们有明确的观点，你知道他们赞美或抨击一本书的标准。这些年来，我一直在观察，注意到有些人降低了他们的标准，渐渐失去了追随者。有些人公开承认自己跟着感觉走，有些人则避而不谈。即便是最不可救药的非理性主义者，也不可能永远跟随别人的感觉走。如果有人还读书评，理由或许跟我一样：忽略书评人的评价，看一看书讲的是什么。这就是评论者最大的功劳。

书不好，我们《客观主义者》是不会给写书评的，原因很简单：现在，不好的理念已经满天飞，我们却还要告诉读者，又有多少不好的书出版了，不值得。不仅不值得，而且我们也跟不上坏书出版的节奏。

我们写书评的特定目的是：帮助认同客观主义的人获得相关的知识。一门哲学提供了适用于所有存在的基本原则，但无法把所有的东西都告诉你。特别是在社会科学领域，有很多新发现和争论，它们都与哲学相关，有必要了解。如果只从道德的角度论证自由企业，这是不够的。你还必须知道其历史渊源，这样才能回答与自由企业相关的问题。

我们想要助力有价值的书，想到出版了很多好书，人们却没有听闻，我就觉得心悸。当然了，从个人的角度，这是我的战场。《客观主义者》书评的目的：让有兴趣的读者知道有这些好书的存在。完全站在我们立场上的书，很少，但任何一本书，从意识形态而言，只要优点重于缺点，就值得支持。这并不是说，凡是我们评论的书，我们都要赞美。而是说，我们无法赞美的书，我们不评价。我们不是大众信息杂志，而是有一定观点的杂志，没有责任对所有出现的东西都做出评价。

然而，如果是一本大众文化视角的杂志，就有这样的责任，可这样的杂志往往也没有做到这一点。大众书评人应该评论所有类型的书，唯一的区分应该是更重要的书籍和不怎么重要的书籍（用书评的长度和关注度加以区别），这样才合情合理，但现在的杂志不这样做。但那是它们的问题，是它们的无道。

刊登书评的杂志，也需要刊登负面评价的书评。安排谁来评价哪本书，是编辑的责任，不是评论者的责任。比如《纽约时报》的政策是把左翼书籍交给同情左翼的评论人，把右翼书籍也交给同情左翼的评论人。这种做法不诚实、不客观。但是，假设一本杂志有公平的标准，你收到一本书，要写评论，你觉得这本书不好，就写一篇负面的评论好了。这是应该的。

关于书评，有三点基本的要求：（1）指出这本书的本质；（2）告诉读者这本书的价值所在；（3）书中有瑕疵，简短地指出来。（现在我讲的是非虚构类的书籍，待会儿我再讲虚构类书籍的书评。）

第一点：书的本质。不要给完整的大纲。不要把每个要点都列出来，也不要把整本书的概要写出来。新手评论者经常犯这样的错误。指出这本书的本质，但不要重述要点。

　　一定要指出作者的主题。你没有必要描述他所有的推理或素材，只需要指出大致的方向，告诉读者作者的观点是什么，这就是本书的主题。你是否同意作者的观点，那又是另一回事（我会在第二点和第三点讲到）。

　　作为评论人，你必须娴熟地找出这本书的关键点，而且只呈现这些关键点。这本书的题材是什么？作者是如何开发这一题材的？你要让读者有所了解——给出亮点和要点。（但不应该把所有东西都写出来。）你绝对不能忽略要点，而写无关紧要的内容，这样就是误导。准备不充分，就会犯下这样的错误：时间有限，没有准备好大纲，想到什么写什么，无关紧要的内容也写下来。但是，要做到公平，就必须给出与主题相关的核心内容。

　　一定要引用主要内容。这一点重要在两方面：（1）给读者提供第一手资料，让读著对作者的角度有所了解；（2）对作者的风格有所了解（即便是非虚构写作，这一点也重要）。从某种意义而言，读者只能相信你。你是中间人，你提供的引用文字越多，在提供信息方面，你就做得越好。通过这些引用的文字，读者不仅能判断这本书，还能判断你。读者也可以判断引文是否能支撑你对这本书的评价。我经常看到引文与评论不符的书评（而且这些引文往往比书评人说的话有趣得多）。因此，凡是使用引文，就要用得恰如其分，你这是在给自己的可信度提供客观证据。

难点在于找到**简短**的引文。一篇书评大部分内容都是引文，就不是书评了。这样的书评就成了抽样，就像电影预告片，没有告诉读者这本书讲的是什么，读者无法去填充这些引文之间的空白。所以，要把握好度。

当然，你不应该扭曲地选择引文。读一读今天的书评，就会发现无论说什么，都可以用省略号和脱离语境的引文加以支撑，这就不对。如果无法用引文支撑自己的某个论点，那就给出论点，不要引文。找到一处简短的引文，内容要鲜明到足以说明作者的观点和写作质量，这本来就不容易，在非虚构文章中找这样的引文，就更不容易。

凡是写作，想表达的内容决定了选择的原则。读者在多大程度上信任你，他必然会在多大程度上认为你选择的引文是有代表性的、是公正的。引文因为被选中而有了分量，你要确保引文与你的目的相匹配。也就是说，这段引文可以说明作者的角度和风格的本质。任何职业都不可能摆脱客观的原则。写评论不客观，就没有追随者。作者让读者的理性得到满足，让他们信任自己，从这一角度而言，所有的作者都需要追随者。

假设你要评论一本多视角的书。作者对某一视角特别有兴趣，但你关注的是另一个自己更感兴趣的视角。如果你指出了作者的兴趣和自己的兴趣，那也没什么不对。并不是说，要写公平的书评，你就要认同作者的兴趣。

假设有人为《阿特拉斯耸耸肩》写一篇书评（此处用虚构写作为例）。如果他咨询我的意见，我就会说，最重要的是：从美学的角度，展示人类的英雄面；从哲学的角度，谈谈书中的伦理学和认识论。假设这位评论者认同这本小说的哲学，而他对政治方面特别有兴趣，就强调了这一面。我当然不喜欢他这样做，但只要他指出我的主题并不局限于政治学，他的评论就没有不诚实的成分。他的角度没问题，那也是这本书的一方面，只是他觉得这方面重要，而我并不这样看。这样的评论是公平的，你不能指望评论人赞同你书中的每一方面，也不能指望他们完全认同你的价值观。

如果动机完全相反，那就不对。假设你要评论一本与美学相关的书，作者给出了一套新的艺术理论，但你主要是对意识形态感兴趣，因此就只选择书中讨论艺术家在社会中遭遇困境的一部分。接着，你以此书为跳板，呈现出完全不同于其题材和主题的东西。这就是误导。

公平，总是可以办到的。关键在于找出事实，然后明确地告诉自己和读者，你到底在干什么。这样，即便你不同意作者的主要观点，你也可以绝对公平地对待作者。

第二点：这本书的价值。我简短地说一说。指出这本书中好的内容或有信息量的内容，也就是说，读者可以从这本书中了解到什么。此处，你可以遵循一个简单的规定：如果你觉得这本书有价值，那就问一问自己了解了什么。选择重要的部分，把它告诉读者。

第三点：这本书的瑕疵。简短地指出书中哲学和风格方面的不足之处。面对前提混杂的非虚构书，这一点尤为重要。这也是《客观主义者》可以给出的最好建议。有些书的前提混杂，但也有价值，就必须指出其中的错误之处。

不指出这本书的瑕疵，就会迷惑读者。书中有你不赞同的方面，你却不告诉读者，这不公平。但是，不要与作者辩论。比如，有些没有经验的客观主义作者认为，应该用书评来叫卖客观主义。不要忘了我们之前讨论过的问题（见第四章），写书评，更应该注意。你在报道一本书，不是兜售自己的哲学。你只是在"兜售"读者可能在这本书中找到的某些价值观。拯救作者的灵魂，这不是你的工作。更重要的是，你不能用**他的**书来呈现**你的**观点。但现在很多评论者都是这样做的。他们这样做，可能是为了展现自己的智力，也有可能是想劝说别人相信他们的哲学，反正都是不对的。

作为评论者，必须给出自己的看法。但是，你的看法和对这本书的介绍要分别对待。发现瑕疵，指出来，这很重要，如果问题很严重，那就指出关于这一问题的真相是什么。但是，不要争论谁是谁非。只需要指出作者的错误，给出真相；如果有必要，再给出参考资料，读者可以进一步查实证明你的观点。

事实上，你应该持有的策略是：这本书的优点在于 A、B、C 和 D，因此这本书是有价值的，但它也有缺陷 Y 和 Z。如果作者某些观点不错，不要夸大其词。同样，如果作者的观点与你相左，不要批判他，不要夸大他的瑕疵。评论不是辩论。

辩论文章也有它的地位。一本书的观点有误，可以写文章进行批判，解释其观点错误的原因。即便是这样的文章，你也必须公正地给出作者的观点，有的放矢。但这样的文章就不是书评，它们讨论的是某本书中你所攻击的观点，这本书只是一个跳板。

以上，我们讨论了书评的三点基本要求。下面，我想谈一谈评论人经常犯的两个错误。

第一个错误，就是告诉作者，他本应该怎么写这本书。**绝对不要**这样做。你可以给出批评意见，但不要对作者指指点点。这一错误常见的形式有"如果作者能够如此这般"，甚至"作者本应该如此这般"，这就不是报道或评价了，而是蹩脚编辑的态度。（优秀的编辑从来不去告诉作者怎么重写，他只是指出自己发现的瑕疵。）比如，可以这样说："作者说了如此这般的话，但他没有触及这些方面。"这就不同于说"作者本应该囊括某些方面"。

这不仅仅是修辞的问题。不恰当之处不仅在于你所用的形式，还在于你的意图。告诉作者本应该怎么写，太出格，凡是作者都厌恶这一点。即便这本书很糟糕，看到这样的评论，我也会觉得厌恶。这是一种自认为高人一等的冒昧态度。评论者的工作是介绍这本书，做出评价，不是把自己当成合作者，也不是告诉作者或公众该怎么来写这本书。作者有不一样的哲学视野，即便这种哲学是错误的，评论者也不能把它当作作者的缺点。而且，说自己可以写得有多好，这完全就不对，作者马上可以回敬一句："那**你**自己怎么不写呢？"所以，不要去告诉作者他本应该怎么做。（如果你写"作者宣称……但我不同意这一观点"，那表达的意思就不一样，你没有暗示作者这句话写得不好，应该重写。你也没有说作者应该接受你的观点或者应该知道你的观点。）

现在，我就来谈第二个错误：没有严格界定作者的观点和评论者的观点。所有的评论都有这一问题，因为描述和评价不应该完全分开，你必须一边写，一边附加价值判断。要避免这一错误，最好的方法就是说清楚，比如你可以说："这是作者的观点。现在这是我作为评论人在说话。"

概括作者的观点时，没有必要时刻提醒读者这一点。但是，你想强调这是你从书中得出的内容，你可以写"正如作者所说的"，或诸如此类的表达。每一次你陈述自己的观点后，要表明自己再次回到了作者的观点上。

如果是负面的评价，你就必须告诉读者这本书不好的原因，以及作者犯下了什么错误（他遮掩了、扭曲了事实，或者他从事实中得出了错误的结论）。但此处，你也要把自己的观点与叙述的素材分开对待。首先，尽可能清楚和公平地给出这本书的要点和作者的观点。然后，你可以说："我觉得这本书不好，因为作者扭曲了关于……的事实证据。"然后列出他歪曲事实的证据。接下来说："从以上事实，他得出了以下结论，其结论的错误之处在于……"但是，无论什么时候，你的动机都不应该是展示作者多么愚蠢，而你比他聪明得多（如果这本书真的那么糟糕，你比他聪明也算不上多大的成就）。书评并不是你与作者之间的比赛。

你主要关注的点不应该是自己的哲学。比如，你写："作者扭曲了事实 A、B 和 C，他得出了结论 X，这样的结论是错误的。他所强调的 D，并不是 E 造成的，原因是 Y。"
此处，你就表达了自己的观点。在恰当的时候，你甚至可
以公开陈述自己的观点。但是，一定要记住，你的任务不
是用这本书来宣传你自己的观点。如果你的任务是评论某
本书，那你就评论这本书。（如果编辑有意让你宣扬什么，
他们会请你写那样的文章，而不是写书评。）

不要因为自己目的"纯善"，就把一本蹩脚的书用在不
合适或不相干的地方。目的不足以洗白手段。

遗憾的是，我们很少有机会去评论优秀的虚构作品。
我希望能有更多的虚构作品，可惜没有。也许将来会有，
如果有幸能评论这样的作品，你应该知道怎么做才行。

评论非虚构作品的三大元素是：这本书的本质、它的
价值、它的瑕疵。这三点也适用于虚构作品的评论，但也
有一些不同。

涉及第一点内容，在评价虚构作品的时候，你要指出
故事的本质和进程，但不要给出高潮部分或故事中的解决
方案。但这也不是绝对的。有时，高潮部分才能说明整本
书，那就需要对它进行讨论。最好是建立悬念，然后告诉
读者："如果你想知道最后怎么样了，那就读一读这本书
吧。"如果是正面评价，评论就好比是这本书的"电影预告

片"。电影预告片选的是电影中吸引观众的部分，然后用简单的蒙太奇手法串起来。这一原则也适用于虚构作品的评价。指出故事讲的是什么，提到其中的一部分情节，但不要透露全部内容，让读者燃起足够的兴趣去阅读这本书。

推理小说的书评有一条不成文的规定，评论者绝不能透露问题的解决方案。从某种角度而言，这一点也适用于严肃的虚构作品。如果把整本书的梗概都告诉读者，就破坏了悬念，如果书中的故事情节很好，那就更扫兴。

你要给出小说的四要素：情节、主题、人物刻画和风格。①但是，不要像做课堂分析一样，一个个地呈现。你要娴熟地将它们整合起来。比如，用一个段落呈现故事开头的有趣事件，同时指出这部分塑造了什么样的人物。这一点，并不是总能办到的，但你应该以此为目标。

关于书评的第二点和第三点内容，与评价相关。不要认为虚构作品只是表达意识形态的手段。很长时间内都不会有人尝试我在《阿特拉斯耸耸肩》中的做法。评价《阿特拉斯耸耸肩》，如果评论者认为虚构故事本身只是呈现哲学的跳板，还有些说得过去。《阿特拉斯耸耸肩》不是那样的，但的确是一本哲学性非常强的书。因此，如果有评论

---

① 更多关于这四元素的内容，见于《虚构写作的艺术》和《文学的基本原则》。

者认为，这本书本质上是哲学论文，虚构故事只是一个噱头，我客观上不能太苛责他，但我个人会非常讨厌他。他说的不对。大多数虚构作品都不会如此哲学化，但所有的严肃作品都会有**某种**哲学意义。

但是，如果你强调一本书的意识形态，就是对作者小说家身份的极大冒犯。面对虚构作品，你完全或主要从哲学价值的角度进行评论，就颠覆了应有的价值序列。虚构作品传递出有价值的观念，这一点只能作为加分项来谈。评价虚构作品，主要应该从文学的角度来谈。

虚构作品的书评关注的是戏剧性和语言色彩。想要推荐这本书，书评就要有足够的戏剧性和语言色彩，把这本书的某些文学特点告诉读者，这需要精心整合。从这一角度而言，引文要简明且具有代表性，从中可以看到戏剧性、作者的语言色彩和风格。

书中只有一小部分内容好，那就不要赞美这本书。《客观主义者》的一位读者给我寄来一本童书，推荐我写书评。她引用了几句话来证明这本书很好。引用的内容是一首诗，大意是讲恐龙因为不用自己的脑子，所以灭绝了。但是，这本书真是糟透了。其主要内容就是哪些动物以哪些动物为食，呈现出一种恐怖的丛林氛围，肯定不适合六岁的孩子（这本书的目标读者）。事实上，这本书根本没有提及脑子的重要性。这位读者错把关于恐龙脑子的几句诗当成了整本书的中心思想。

现在，有很多人看到书中有好的地方，乐不可支，就弃语境而不顾，忘记了其他内容，判断这是一本好书。但是，真正该做的正好相反：判断一本书是否有价值，必须严格，必须准确。脱离整个语境，欣赏某些好的段落，可以。但是，要判断整本书，必须客观。

同样的道理，谈及书中的瑕疵，不要夸大某些你不喜欢的笔触，不要把它们提升到意义的层面。不要因为有几句话不对，就谴责一本书。

不要过分地赞扬一本书，也不要过分地批评一本书。无论是虚构作品还是非虚构作品——尤其是面对虚构作品的时候，你需要对整体有清楚的把控，才能评判。你需要了解整本书的语境，才能公平客观地评判出它的优点和缺点（如果有的话），才能判断它是否瑕不掩瑜。一定要问自己，我讲的内容是否覆盖了这本书的所有要点，或者我只是片面地看了看，并没有做到如实叙述。

现在，我们来谈一谈书的序言。写序言，也有规定，主要就是认真对待"序言"二字。并非所有的书都需要序言。如果你写的是序言，就必须传递出与这本书相关的信息，而非这本书的部分内容。无论是谁写的书，在写序言的时候，这一条都适用。

如果是你自己的书，绝对的规定就是：序言必须有与这本书本身无关的内容，但这部分内容又是读者需要知道的，比如说，致谢。

我所有的文集，都自己写了序言。[①]既然是文集，那就不是以专著的形式写成的，就有必要写序言。在这些序言中，我必须提供两部分内容：技术上的解释，即这些文章来源于何处，或者（在需要的情况下）其他供稿人是谁；另外指出文集的内容。我会概括地谈一谈其中的文章，对这本文集进行整合，告诉读者这本书讲的是什么。

如果是为别人的书写序言，角度就有所不同。如果是在世的作者，那就像对待自己的作品一样，就这本书的题材概括地说上几句。但是，相较于给自己的书写序言，你还多了一些自由，因为代序的目的就是要说一些作者本人不能说的话，即为什么这本书很重要。这就是为什么在世作者的书，要请行业中比作者更有名的人来写序。序言中包含了这个人的判断和声望，由他来告诉读者为什么应该

---

① 参见《致新知识分子》《自私的美德》《资本主义：未知的理想》《浪漫主义宣言》《新左派：反工业革命》。

读这本不知名的作者的书。[1]

如果是给经典作品写序（比如，我给维克多·雨果《九三年》[2] 所写的序），也必须概括这本书的内容和重要性。只是立场颠倒过来了：一定不要把自己放在太醒目的位置。经典已经名声在外，不需要你来赏识。一般情况下，给经典写序，需要提及与本书历史相关的、当代读者可能感兴趣的内容。这只是建议，并不是强制性的要求。但最重要的是，你要把这部经典的本质和主题与当代文化联系起来，告诉当代的读者为什么这本书对他很重要。

给经典作品写序，不要突出自己。事实上，很多经典作品的现代序言就是这样干的，要不我还真想不到这一点。各种各样可怜的小人物俨然以一种恩人的态度给经典作品写序，序言中甚至没有任何与这本书相关的内容。这样的序言的目的只有一个，就是作者找到了一个机会卖弄自己所谓的博学。举一个可鄙的例子，爱德华·阿尔比 [3] 给诺

---

[1]　参见安·兰德给伦纳德·培可夫《不祥的平行线》所写的序言。

[2]　维克多·雨果，《九三年》，英文版由安·兰德作序（纽约：斑塔姆出版社，1962）。该序言缩减篇幅后收于安·兰德的《浪漫主义宣言》。

[3]　爱德华·阿尔比（1928—2016），美国著名剧作家，代表作《动物园的故事》等，三次获得普利策戏剧奖。（译者注）

埃尔·科沃德①的三部戏剧②写了序言。(当时,科沃德还在世,但已是经典作品的作者。)阿尔比摆出了一种高人一等姿态,他说,虽然科沃德的戏剧有一些价值,但科沃德并不如他精通戏剧。即便阿尔比再写上两百年,他离诺埃尔·科沃德最糟糕的剧本还差得远呢。但是,此处,我想要你注意并且避免的只是类似的角度。

当然,就像写书评一样,写序的时候,如果书中有你不同意的方面,就得指出来。不赞同的部分或瑕疵的部分,尽可能清楚、简短且礼貌地指出来。不要与作者展开辩论,不要告诉对方应该如何写这本书,尤其是对方无法回应你的情况下,更不要这样做。

一本书,你不赞同的地方多于你赞同的,就不要写序。如果不赞同的是一小部分,或者你赞同的方面多于不赞同的,那不赞同的部分就放在序言的最后,一笔带过,不要让它成为序言的主要关注点。

记住,"重点是这本书"。序言应该服务于读者,服务于这本书。序言本身不应该成为目的。所以,序言中的观点一定要与这本书的内容相关,并能在书中得到证实。如

---

① 诺埃尔·科沃德(1899—1973),英国演员、剧作家、流行音乐作曲家。(译者注)

② 诺埃尔·科沃德,《三部戏剧:〈私生活〉〈欢乐精灵〉和〈枯草热〉》(纽约:格罗夫出版社,1965)。

果是这样的观点，就说出来好了，没有必要限制自己或故意谦卑。但是，利用序言卖弄与本书内容无关的观点，就不行。

第十章　写一本书

　　详细地论述如何写书，那就得写一本书才说得清楚。此处，我只讨论如何将某些写文章的原则应用到写书中。

　　写文章和写书的基本原则是一样的。唯一的重大区别在于篇幅。新手作者知道如何写文章，可能还不知道如何把它运用到整本书中。所以，他必须退后一步，进行抽象化的处理，找到其中对等的地方。文章中是一段话的内容，到了书中可能就是一个小节，甚至是一个章节。

　　一本书的篇幅应该多长，这是没有定论的，可以是专题论文的中等长度，也可以是分为几卷的作品。一本书应该如何分为不同的部分、章节或小节，也是没有定论的，这一切都取决于题材的本质。但通常而言，分类的目的是帮助读者吸收内容，是为了行文清楚明白。基于人无法一

次性理解所有内容的事实（也就是"乌鸦认识论"），一本
书有必要分成不同的部分。你把素材划分成若干部分，就
是按照一定的顺序指引读者理解素材。

　　同一题材，既可以用于一篇文章，也可以用于一本书
或者一套书。区别在于抽象和具体的程度。比如，我经常
在五分钟内讲述客观主义 ①，这就不同于《阿特拉斯耸耸
肩》对这一哲学的呈现。我并没有呈现不一样的哲学。有
人读了我介绍性的短文，追随其中的含义，最后也理解了
《阿特拉斯耸耸肩》所表达的深度（但可能要花上数年的时
间）。任何题材，都可以非常抽象地处理或者是非常细节化
地处理，作品的长度取决于个人选择的抽象和细化程度。

　　以文章的篇幅，很难抽象地交流想法。写作的抽象程
度越高，需要处理的概念就越多。因此，难点在于要在文
章中简短地陈述你的抽象观点，还要讲得足够清楚且与他
人的观点有区别。在讲述抽象概念的时候，你很有可能飘
浮不定。比如，如果你说客观主义是代表了美德的一种哲
学，就这就比飘浮不定的抽象表述还糟糕，这完全就是飘
浮不定的烟雾，因为所有的哲学都说自己代表美德。在一
定程度上，客观主义的确代表了美德，但这种说法太概括

---

① 例子参见《客观主义简介》，见于《安·兰德专栏》。

了，哪儿都能用，因此作为一种观点表述，就没有价值。

然而，对于一本书，危险在于把论述扩展成百科全书的趋势。我之前（第二章）说过，写文章，你必须限定好题材，不要跑题。写一本书，这种风险就大得多。书相较于文章能容纳更多关于题材的细节陈述，因此新手可能会觉得有了足够的空间容纳想说的所有内容，但很快，内容可能就变得无的放矢了。主题越广泛，包罗万象的诱惑就越强烈。书的确能有一定的自由度，这是事实，就好比复杂的管弦乐编曲，有中心主题，还可以有很多个亚主题。但是一旦无限度地发展，你的书也就完全不成形了。

写文章，大纲很重要；写书，大纲更重要，重要一百倍。无论是虚构作品还是非虚构作品，没有大纲，就没有书。有些小说家宣称自己是靠灵感写作的，没有大纲。的确如此，他们的作品也表现出了这一点，没有情节，不成形。但是，据我所知，没有任何**非虚构**作品的作者声称自己没有大纲就能写书。这是绝对的——非虚构作品谈论的是想法，不可能靠灵感来写。有些人说虚构作品讲的是情绪，不需要用大纲，但这仅仅是借口而已。而对非虚构写作，这甚至不能成为借口。非虚构的书有一定的教育性质，它需要传达信息。你不可能把所有的想法揉成一团，扔给读者，让他们自己去理清楚。你必须展示出自己的观点，整个过程要有逻辑，要清楚明白。

　　要创建书的大纲，首先要写一份概要，把各个部分分为不同的章节，理好顺序。接着，你再处理每一个章节，写出更细致的大纲，细致到什么程度呢？依照这份大纲你可以写出文章的程度。如果概要过于细致，就无法进行整体的把握。如果没有较细致的大纲，就没法决定如何安排观点的具体顺序，或者无法清楚明白地呈现每个章节的内容。

　　写书，全面的整合是非常重要的。我认识的一个年轻作者就犯了错：他认为只需要把下一个章节与上一个章节整合起来。结果，虽然大纲写得不错，却很难判断第二个章节要装什么内容。他单独把第二章与第一章连接起来，仿佛这是整合的唯一途径。他认为，如果知道第一章写的是什么，就能接着写第二章（在某种意义上，这一点也没有错）。但是，作者心中应该时刻有数，需要知道每个阶段引导自己的整体的目标。

　　一部作品的各个方面整合在一起，形成了整体。完成写作之际，一本书应该是统一的整体。所以，每一个章节不仅要同之前的章节整合，还要同下面的章节整合，也就是与你的整本书整合。要训练自己的潜意识做到这一点。这很难办，这就是大纲非常关键的原因之一。

脑子里的句子写出来后才真正存在，同样的道理，一个个章节只有写出来了，才真正存在。在这之前，存在的只有你的大纲——这是一个抽象的东西，具体的文字还不存在。写作的过程中，唯一的参照就是大纲。你不能偏离大纲（有关键的增删时你就要停笔，重新整理大纲）。但是在每个章节呈现具体的素材时，你面对的是无数的选择。比如，你经常会遇到某个重要程度为第二或第三档的点，放在哪里讨论呢？第二章，还是第四章？虽然已经提前制订了题材整体的逻辑顺序，可没有完整的最终语境，你还是无法解决这样的局部问题。所以，在这本书写完之前，你所写好的内容都应该视为开放状态。终稿之前，凡涉及具体内容，你的书都还有变动的可能。

你常常会发现某些小节的内容很好，你**知道**自己会把它们保留下来，但即便这样，也不是绝对的。你对某个段落非常满意，很有可能这一段是不错，但在完成整本书之前，不要断言。你不必成为相对主义者，但要做优秀的语境主义者。成为优秀的语境主义者，需要有价值判断的绝对论和写作的灵活性，这两者结合起来不容易。你的前提应该是："以现在对语境的了解而言，我觉得这部分不错，但我的书还有四分之三没有写，所以我觉得还有改动的可能。"

当然，即便是排版毛样，也有很多编辑工作要做。打印的手稿是开放的，你自己可以订正，你的潜意识知道这一点。你记得自己做过多少次修改，有多少可能性，因此，一切都是暂定的。但是，等你看到自己写的东西印刷出来了，它就有了更加客观的性质，虽然这时你可能还会想到新的订正或润色方向。

只有等到你把作品当作整体审读之后，作品才能被视为完成了。注意书中所有的复杂线索和问题，以此判断之前暂定的整合是否正确。

有人曾经说过，作者最重要的工具是剪刀，意思是说，必要的时候，作者应该勇于修剪自己的作品。我一直无法与这样的态度产生共鸣，我认为这原本就是绝对的前提，没什么好吹嘘的。写好文章，写好书，不需要勇气。有些段落写得很美，但与整体语境不符，这样的情况下，没有别的选择，只能剪掉。就要这么无情。

我用亲身经历来举例。《源泉》是一本很厚的书，主题复杂，还有数个小的主题。（如果是非虚构作品，我就称之为第二或第三重要的问题。）我在大纲里已经决定好了，大主题分为几个步骤，用哪些情节戏剧化地处理这些步骤。但是，还有很多不太重要的问题或次要的说明，到底安放在哪里才是最好的选择呢？很难决定。我开始联系出版社的时候，已经写好了第一部和第二部大约三分之一的内容。写好的部分中，有几个场景写得非常好，但是重复了。不过，我还无法决定哪一个更合适，也无法决定应该把它们放在书的哪一部分。所以，我决定所有的场景都先保留下来，等写完整本书，再最后选择。因为选择需要考虑整个语境，当时无法做出选择。我把素材交给博布斯-美林出版社，把估计字数告诉了编辑阿奇·奥格登。他指出，第一部似乎太长了。我给他解释了我的写作方法，并且告诉他，在定稿中，第一部分有三分之一的内容要删掉。后来确实删了三分之一的内容。第一部分原来有一个非常有趣的人物，也删掉了。删掉后，开始时我觉得难过，也有些后悔，后来就没感觉了。删掉这个人物是必须的：要么留下这个人物，要么留下整本小说。①

　　这就是我所说的灵活性。不是相对主义，也不是心血来潮。有些段落就是无法整合到之后的整体中，一开始只能暂时留着它们。

　　如果作者显意识或潜意识里相信"典范"，相信一本书有柏拉图式的原型，就无法使用这一方法，就会没必要

---

① 这个人物的名字叫维斯塔·邓宁，这部分的初稿素材后来由伦纳德·培可夫编辑出版，见于《早期的安·兰德：未出版虚构作品选集》（纽约：新美利坚图书馆，1983）。

地折磨自己。这类作者相信无穷尽的空间里有绝对的规定——指定哪些小节需要保留，哪些需要删减。规定长什么样呢？他们从未见过。

书是创造性的产品，有无穷的可能性。在某一点上，你不知道该做什么样的选择。因为没有掌握所有证据，所以你推迟判断，等到没有自我怀疑时再来做决定。每次写作都会有新问题，理智和现实是唯一绝对的东西，主题和大纲是标准。很多问题都是可选择的，如果你有时犹豫，并不能反映你本身有什么毛病。

事实上，在开发潜意识写作方面，犹豫往往是一个好现象。孩子写故事，就不会像成年人写书那样有那么多选择。他可能就是靠灵感在写，就他本人的语境而言，写出来的东西还不错。但是，他还不知道文章中有可以犹豫的问题。如果你犹豫，有可能是因为自己的知识面比较广，了解了多种可能性。记住，如果没有犹豫不决，就不会有解决问题的快乐，无论写什么，都没有了快乐。因此，写作就是苦乐参半。（这是陈词滥调的表达，如果你用到写作当中，我真想要你的命啊。）

现在，我们来讨论一个相关的问题：不要把章节看成独立的文章。这也是麻烦事，因为从某种角度而言，你真的需要把它们看待成独立的存在。（不要以我的非虚构作品为例，它们中大多是文集。不过我也做了很多编辑工作，删掉了重复的内容，让这些文章能够组成一个整体。但我们现在讨论的不是文集，而是一开始就当作书来写的非虚构作品。）

单独的章节不能完全阐述你的题材和主题，只有整本书才能。你通过分类、分版块阐述题材和主题，才能实现整合的进程。因此，你必须把章节看成整体进程中的步骤，最终的目的是整体。章节必须是**步骤**。每个章节必须是独立的存在体，但又不是独立的文章，而是书中整体进程的一部分。与此同时，每个章节必须是后面章节的基础。特别需要注意的是，你一定要在前面的章节中给后面的章节留出空间，以支撑完成整本书。所以，每个章节都是通往下一章节的途径，都是达成整体的途径。

最能说明这一过程的是《阿特拉斯耸耸肩》中的一个片段。这一片段中，达格妮第一次从铁路辞职，想着自己漫无目的的日子，她说，人的生命进程就像火车，一路驶向终点。人必须有一个整体目标，这一目标又被分成了一些具体的目标。一种事业，由几个特定的目标组成，每个目标都为更为广阔的目标——得到更大的成就开路。如果你是作者，不要写了一本书就停笔，每写一本书，你都会成长。如果你是真正成长中的作者，就不会安于已经学会的东西，而应该尝试更难的题材。这一原则也适用于书。每个章节是已经到达的车站——书中的某些部分或许是成功的，但是，你不会写一个章节就止步。这一章节本身不是目的，而是通往终点站的途径，终点站是完成整本书。

但是，每一章的开头不要接着上一个章的最后一句话来写。书不是连续的讲座。所以，每个章节也是一个小整体，它本身也是目标——其目标不只是内容，更关乎**结构**。书被分为若干章节，就是把整体分成不同的部分来呈现。在结构上，完成的章节本身就是一个站点。书作为一个整体，有开头，有逻辑的发展，有结论——章节也是这样。完成一个章节之后，你开始下一个章节，在结构上，下一个章节就像一篇新的文章。同样的原则也适用于段落结构。写一段话，有开头，引导思维进程，得出某个结论，给出结论后，你就开始写另一个段落。然而，一定要记住，在**内容**上，每一章节和段落必须是整体的一部分，是中途站，不是终点站。

关于写书，还有一些别的方面需要注意，建议如下。

不要过于担心读者会记不住或者会走神。当你暂时脱离了主题的讨论，然后转回来，不要说："正如我已经讨论的。"要信任你的读者，他们记得住并且整合了你所写的内容。如果读者没有记住，你提醒也无济于事。如果他走神，无论你写得有多好，也没法让他回来。如果你写的内容清楚明白，知识水平与读者契合，就应该顺其自然，相信读者有专注力、有能力跟上进展。

这一原则也有例外。如果你长篇大论地谈论了其他的内容，再转回来，你可能就需要提醒读者，你要继续谈什么。如果你在书中一百页之前谈到过某一点，那就得提醒读者这一点是什么（但你不应该**再次证明**这一点）。不过，通常而言，读者返回去看一看也没有什么不可以，你不要去阻止读者这样做。事实上，非虚构作品的读者都需要这么做，至于频率有多高，那就取决于他的专注度，甚至更多的是取决于他对这一题材的了解。比如，你写了一本关于哲学的书，有知识的非专业人士需要返回去重读的次数，就比哲学专业的人多。你写出来的东西必须是非专业人士也能看懂的，不过相较于哲学专业的，非专业人士可能需要更多的思考，阅读的速度也要慢一些。

不要重复，这一点很重要。写作和教学之间的关键不同就在于此。

教学不仅是为了交流知识，还是为了在学生的脑子里注入理性的心理-认识论。分析优秀教师的行为就会发现，好的老师交流素材是有一定顺序的，这种顺序潜在地训练了学生理性地吸收知识。在这一过程中，他必须在一定程度上调整内容以适应某一班级的水平。因为有些班级的学生就是比其他班级更聪慧、更专注。即便在同一班级中，教师也要重复某些内容来帮助迟缓一些或专注力不够的学生。这样的教师拥有更为宽广的心胸。显然，如果学生不想专注，只是坐在那里什么都不做，最好的教师也无法强迫他们去理解。一个人的意识永远不用为另一个人的意识负责，但一个人可以帮助另一个人，这就是优秀教师所做的事情。

这些方法在一定程度上适用于写教材，教材可以有很多的细分和重复。除此之外，写非虚构作品时，你不是教师的身份。你是广播设备，目标是做这一频率之下最好的发送设备。是否要接通这一频道，选择权在听众。因此，你不能不断地重复，不能强灌。教师看到学生集体走神，就该有所行动，让学生回过神来。但是，作者不应该假定读者有这样那样的不足而去调整自己的写作。

还有另一个常见的问题：第一章陷阱。写第一本书的时候，这个问题尤其明显。作者开始写书，对他本人而言，第一章非常重要，其重要性并不体现在内容方面，而体现在写作能力的展示方面。等你写完第一个章节，已经学到了很多东西，一般而言，就会不满意这一章的开头了。然后，你慢慢知道如何去改进，改完之后，你又学到更多东西。

如果是新手，往往会觉得整个余生都要用来修改第一章，从而不断地重写整个章节，陷入了无尽的循环。如果不是只能写一本书的作者，你会不断提高的。因此你不必不断地修改第一章。

这种诱惑是可以理解的，停下来，整个章节改一两次，没问题。但之后，就要毫不犹豫地开始写第二章。接受事实：你的确是在成长，每个章节写完了，就要放手。不要把成长局限在第一章。你必须往前走。

不要无休止地改稿，无休止地改稿是拦住潜意识，不让它运行。到了最后，你有的是机会调整开头的部分。书写到一半，因为写得更有把握，你会觉得开头几个章节惨不忍睹。但是，等你写完整本书，就有更广阔的视角（尤其是在没有反复重读的情况下），你会发现，头几章事实上写得还真不错。整个写稿过程中，你学到了很多东西，改稿润色总是有必要的，但都是小改动。

如果开头几个章节真的很糟糕，你就会遭遇实质性的问题，早就写不下去了。

第十一章 拟标题

拟标题，百分之九十应该考虑贴切，百分之五应该考虑清楚明了（如果贴切，一定会清楚明了），另外百分之五应该考虑戏剧化或噱头，但永远不要把戏剧化作为直接目标。

拟标题很难，标题既是所有素材的整合，又必须服务于作品的实质内容。多多少少，拟标题离不开灵感，其过程就像你在写作中的神来之笔。你很少能够刻意拟定标题。

如果你认为我很会拟标题，那我就告诉你，我并不擅长。我觉得很难拟出好的标题，作者们通常都会有这样的抱怨。一般而言，我都让素材来告诉我该用什么标题，但这也不是绝对的。有时，我会临时定一个标题来写文章，写着写着，笔下的某个短语突然就触动了我，我想到了更好的标题。还有的时候，写着写着，我专注于题材，突然就想到了浓缩了本质的题目（这种情况下，并不是作品里的某个短语触动了我）。

我来讲一讲《源泉》和《阿特拉斯耸耸肩》这两个书名的来龙去脉，也许会对你有帮助。

首先，我来说一说《源泉》。《源泉》不是最初的书名，到现在我也不太喜欢这个书名。最初的书名是《二手人生》。所有的人都不喜欢，其中有我的经纪人，还有与我认识的出版商们。但是，我想要用《二手人生》这个书名，它说出了我书中突出的全新理念——很多人，比如书中的彼得·基廷，都靠着别人的看法在生活。博布斯-美林出版社的编辑阿奇·奥格登说："如果你用那个书名，就是在突出彼得·基廷。"听了这话，我立刻就改变了心意。我吓了一跳。我完全没有想到那一层含义。

于是，我得想一个能够突出霍华德·罗克的书名。我拟的第二个书名是《原动力》。但我的出版商表示反对，他觉得大多数人在书店看到这本书，会认为是讲动力学的。他说得没错，但我还是想冒险一试，我不在意肤浅的人怎么想。但是，"原动力"这个表达比较生僻，懂哲学的人可以体会其中的宏伟含义，其他人就未必了。只有真正的亚里士多德学派才能欣赏。

接下来，我选择了《发条》，结果发现有人已经用过了。于是，我拿出了同义词词典，开始查词。终于，我找到了"源泉"这个词。我不太喜欢这个书名，就这本书的本质而言，这样的比喻有点太诗意。《发条》要好些，其中暗示有工程学的意思。

《阿特拉斯耸耸肩》是弗兰克的建议，是我所有书名中最耀眼的灵感。怎么想出来的，对我来说就是个谜。我不知道他怎么整合出了这样的书名，真是绝妙，只用了两个单词就表达出了这本书的本质。我问过他，怎么想出这一书名的？他也无法解释。完全就是灵感，通常书名都是这样来的。

《阿特拉斯耸耸肩》不是我拟定的书名，我原来的书名是《罢工》，不能用原书名是我此生的一大遗憾。然而，在写这本书之际，我觉得《罢工》这两个字太"剧透"了。这个书名背后的故事是这样的：《源泉》出版之后不久，我就构思了《阿特拉斯耸耸肩》这本书。当时正是罗斯福新政如火如荼的时候，罢工很盛行，全部都是左派的罢工。如今，我们理所当然地认为罢工已是过去时，如果看到抗议示威，我们觉得这是日常生活的一部分。我们的经济完全是混合型的，所以每个压力集团都用抗议示威来获得利益。但在当时，罢工是集体主义，绝对的左派现象。出版

《源泉》后，我有了"反派"的名声。当时，我认为，如果写一本题为《罢工》的小说，应该有一定的戏剧性。此处我有些臆测，因为我是依据之前那本小说的声誉做出的判断。书名改了，实际上也是因为我花了太长的时间来写这部小说。如果在头五年内出版，《罢工》这个书名就挺好的。但从年代更替的角度来看，有可能会过时，甚至从现在的角度来看，也不是一个好书名。但主要的考虑就是《罢工》这个书名太"剧透"。

弗兰克提出了《阿特拉斯耸耸肩》这个建议，四年后，我才把书名改过来。我很喜欢《罢工》这个书名，而且我有很深的偏见，不喜欢标题中有动词。标题就像名字，我一直觉得标题应该只包含名词，也许再加上形容词，但不要动词。然而这个书名太贴切，我也就搁置了自己的喜好，毕竟也没有任何规定说不可以用动词。弗兰克告诉我这个书名时，我觉得非常对味，暗中认为这就是命中注定的书名。我仔细掂量，每次考虑都感到了其中的贴切和高度浓缩，最后我决定，这就是这本书最好的书名。它道出了一切，却没有半点剧透。

我甚至试了试亨利·布兰克对这一书名的反应。亨利·布兰克是电影《源泉》的制片人。当时大概是1947年。他很聪明，理解力强，但并不是特别深刻的思想家。

我告诉他，我正在给下一本小说拟名。他只知道这本书讲的是工业。我说："我丈夫给了一个建议，你觉得怎么样？你会有什么反应？"接着，我就告诉了他《阿特拉斯耸耸肩》这个书名。他看上去就像是头上亮了一个电灯泡，接着他说："嗬。"然后，耸了耸肩，说道："嗯，那世界就没了。"理想的反应，我印象非常深刻。

就如何拟标题，我会给出几条一般性的建议。但是，你要记住，拟标题并没有任何绝对的规定。

我说标题应该贴切，意思是说，如果写的是严肃题材，标题就不应该幽默。可是，即便是严肃的题材，有时也可以从不满或略带讽刺的角度来使用幽默的标题。最重要的是，标题不应该有误导性。

什么是误导性的标题？比如"如何创造性地思考"之类的。这本书很不错，是对创造过程的严肃心理学研究。然而，这个书名给人的感觉是"自己在家学习如何成为天才"。事实上，这本书的内容与如何创造性思考毫无关系，它只是描述了创造性思考的某些重要方面。（如果你思维活跃，也许可以从中悟出一些有助于创造性思考的方法，但它不是技术性的书籍，没有告诉你怎么做。）

很多非虚构作品都因书名而遭殃，书名错误地传达了学术、统计或技术的含义。而另外，如果你给专业人士写了一本技术方面的书，就不要用什么"即将来到的春天"这样的名字。所以，要与商业出版商做斗争（这样的经历并不愉快），不要让他们随意给你的书起名。

出版商有一种迷信的看法（好一些的出版商并不赞同），他们认为，书名要么有助于卖书，要么妨碍卖书。并非如此。他们认为，书名中有性暗示，书就会卖得好。但这样并没有用，特别是放到现在更没用。书名一看，就能激起人的兴趣，并不一定有助于卖书，不好的书名也不一定就妨碍卖书。书最终的成功还是靠口碑，而口碑基于书的内容。非虚构作品，特别是新闻题材的书籍，五年之内就会过时，书名可能非常重要，但重点并不在是否有利于卖书，而在于是否表明所讲的是当代问题。

当然了，不要用过于沉闷的标题，搞得没人记得住。比如说，约翰·尼尔森给他的文章定了一个标题，叫"自由的某些当前概念：嬉皮士和雅皮士的'自由'"[①]。他觉得这是学术风格，从意识形态而言，这标题没有任何问题，作为编辑，我也没有给他强加另外的选择。但这标题并不怎么样。事实上，可以简单一点，直接用"嬉皮士和雅皮士的'自由'"，没有必要加上"自由的某些当前概念"。

---

① 《客观主义者》，第8卷（1969年，8月）。

标题让人迷糊，有语法错误，就不能要。数年前，有家杂志写了一篇戏仿这类标题的文章，抓住了本质。文章的标题是《燕子呀，温柔地》。标题里一个是名词，一个是副词，你忍不住想问："温柔地什么？"故意用语法错误的表达，并不会激发人的兴致，并不有趣。写出这样的标题，只能表明作者故作深沉。

拟标题，不要过于详细，不要过于学术，比如"关于认识论研究对象的几个观点，局限性在于……"。另外，不要让人看不明白。比如，文章讲的是国会的现行法案，就不要用"关于更高层次的形而上学"或"人类更高的领域"。

一般而言，拟标题，就要用感觉对的那个。这是感觉问题。你感觉标题对味，标题就与你的风格一致。有时，别人（比如说编辑）给你提出建议，你虽然用常识判断这个标题不错，却觉得很不顺眼。如果有这样的感觉，标题肯定与你这本书的整体风格冲突。在判断标题的时候，心理-认识论的各元素在发挥作用，也正是这些元素造就了你的风格。它们取决于你潜意识和自动运作的价值观与整合。

实用的建议是，如果无从选择，就看一看朋友的反应。要找头脑清楚且不知道你写作题材的朋友。问一问他们如何解读你的标题，他们是否觉得有趣，是否需要解释才能懂。也许从中你会悟到一些从来没有想过的隐含意义。你会发现，虽然他们不懂你的标题，他们给出的解读却很有意思，并不与你的本意相左。这就可以成为留下这个标题的理由。

总结一下，拟标题要避免刻意造成的隐晦，除此之外，真没什么规定。就像取名字一样，标题有无数的选择。如果你让我给婴儿取一个原创的名字，我可能会想出很多音节组合形式，有些会很动人，有些就会不顺眼。但是，取名字并没有什么规定，只要能读得出来就行。拟标题，标准也差不多。标题要语法正确，要与题材贴切，不要让人看了犯糊涂。除此之外，就没有一般性的规定了。

第十二章　找点子

我们还有一点要讨论：怎么才能找到好点子。为什么我等到最后才来讨论这个话题，原因是显而易见的。之前我说的很多内容中，都暗含了写文章、写书找点子的大前提。

首先，我来说一说需要**避免**的东西。

思维活动的一大劲敌是压抑。压抑，以及无缘无故的自我怀疑，阻塞了很多人的思维。如果心理出问题，需要去看心理医生。但是，人在行为上不要有自我怀疑，尤其是在激发自己写作灵感的时候。想要有点子，在实际的写作过程中，必须按照我（参考第六章）的建议来做，也就是必须信任自己的潜意识。你要让思维自由地在某个题材里游荡，然后进行判断。不要设定人为的限制，比如告诉

自己今天早上就要想出十篇文章的点子。你应该假定自己
能够并且愿意对现实做出判断——判断事件、人、趋势和
新闻故事。虽然之后写文章会遇到困难，但一开始，没有
任何问题困扰你。不要限定自己如何想点子，就能有丰富
的、有创造力的想象。

　　不是每个点子都能用。有些点子甚至可能荒谬可笑。
你可以自己改稿子，也能判断点子是否有趣，是否过于狭
隘或者过于宽泛，等等。但在判断之际，不要对自己吹毛
求疵，不要认为自己潜意识不行，不能给你好点子。请无
拘无束地找点子。有些点子你会扔掉，但有些点子，你就
会觉得值得一试。

　　要写一篇有趣的文章，你必须有主题，也就是必须有
话可说。但是，如果没有更为广阔的前提，就找不到有趣
的话。原则就是，除了想讨论的新闻或事件，你必须有更
抽象的兴趣作为前提条件。这种前提来源于你的信念。

　　凡是成年人，都有自己的某种世界观，也就是对待哲
学问题的信念。那么，问题就是如何利用自己的信念来获
取写作的点子。（当然，如果你的哲学是客观主义，你会大
受裨益，因为这门哲学具有一致性，可以应用于文化的方
方面面。）你必须对某方面有主动的兴趣。如果你只是说
"我想从客观主义的角度写一篇文章"，就相当于什么都没

有说。这句话里没有任何具体的线索或动机，无法让你开始写作。

　　你可以从自己的常态思维逻辑中找点子。比如，我喜欢在生活中应用客观主义，而哲学的每一方面，从美学到认识论，再到形而上学，我都有兴趣，那么我听到或读到的每一件事情对我而言都有意思，我不会因为找到正确的伦理观就止步。否则，我就找不到这么多写作的点子。把自己的哲学应用到生活中，这是我本人的常态。在其引导下，我观察到了各种理念如何作用于文化。因此，我所读的东西，几乎都能成为写作的素材。

　　你需要去探索发现。看到一个声明，你必须来回地思考，问一问自己：这一声明的含义是什么？更重要的是，这一声明的前提是什么？我喜欢这样做，我希望能训练你这样做。每次读到糟糕的内容就想写文章批判一下，但这样的时候太多了，我可写不完。

　　你不需要成为专业的哲学家。想要有好点子，还想扩展自己的职业视角，就得时刻留心与自己职业相关的理念。如果不想做狭隘的专业人士，而想做有广泛哲学根基的专业人士，就要从更广阔的视角去考虑自己的职业兴趣。所有的问题，你喜欢的也好，不喜欢的也好，都是你最好的向导。

以自然科学为例。科学家如何把自己的职业与哲学联系起来？比如，如果想写堕胎这个问题，他可以从科学或者医学的角度开始谈，接着拓展为更为广泛的哲学问题。现在，自然科学在进步，人文学科在退步，面对这种状态，一位科学家可能感到了厌烦与担忧。那他应该追问，什么让他厌烦与担忧，原因是什么。如果他观察到了一种趋势，就应该问一问自己，为什么有这种趋势，这种趋势的后果是什么。如此一来，每次他读报纸，就能有好几篇文章的点子。

人文学科更是如此。如果想写中间类型的文章，从批判的角度入手要容易一些。如果想把某种哲学应用于生活中日常所见的事物上，就必须这么做。

当然了，如果你在文化中、在你的专业领域发现好的东西，就应该承认。如今，这很难得，所以这样的主题更好。某人的新理念、某项通过的决议、某个被采纳了的政策，如果你赞同，就不要局限于"我感觉这东西好"，要鉴别出自己觉得好的原因，还有它对你所在的行业和这个社会有什么启示。你的想法可能会多到你一次写不完。（当然并不是因为好的东西太多，而是因为可以深挖的东西太多。）

我并不是说，所有的人都**必须**依托自己的职业为跳板。

但是，如果你想写，不知道如何开始，资源最丰富的领域就是你的职业。这是你最关心的领域，你对与这一领域有必然联系的事的兴趣，远胜过随意决定的话题，比如你不感兴趣的深海潜水。显然，你的兴趣不限于自己的职业。某件事情吸引了你，这件事情很重要，而你又可以解释出其中的原因，这也是点子的好来源。

顺便说一句，更深入地了解你的职业，这是一辈子的事。任何情况下，你都不应该说"我了解啦，我很成功，因此我不必再思考我的职业了"。有了这样的态度，你就会走向失败。活在世上，不能停滞不前，不进则退。所以，一定要努力扩展、加深自己对职业的理解。如果你想在本行业做一个有创造力的人，不仅仅是一个匠人；如果你想一直保持年轻的状态，想真正拥有"个性"，而不是勉强胜任的从业者，你的前提就与找写作点子的前提一样。

绝不要认为自己知道的已经够多了。我的意思并不是说你应该怀疑已有的知识，而是你需要扩展你已有的知识。有没有人对自己的职业能力以及对周围人的表现完全满意呢？如今，任何人都没有资格这样说。我们还没有提及私人生活。在生活中，总有需要注意、需要更正、需要改进的事情，即便你生活中事事都理想，你知道得越多，你就有越多的渠道掌握更复杂和抽象的知识。我并不是建议你永远不停地跑下去，永远不满足于自己的知识。你应该持有的态度是：你有足够的知识，你的知识也是站得住脚的，但你还想进步。这种主动的心态不仅会扩展你的职业能力和兴趣，还会让你有写不完的点子。

以教学为例。如果你是合格的教师，就看得出来学生学得怎样。有些学得好，有些聪明但学得慢，有些似乎就学不进去。有了这样的认知，你会走向何处？如果你想成为优秀的教师，你就会问自己：我对年轻人的学习方法有多了解？有些人学得快，有些人就不行，我怎么解释这一现象？好学生的学习动机是什么？我有没有提供这样的动机？或者他们本身有这样的动机吗？为什么其他人学得这么糟糕？我能不能激发他们？我应该尽到何种责任？什么时候，学习是他们自己的责任？还有，我观摩了同行的课堂，有些是好教师，有些不是。为什么我这样想？不合格的教师犯下了什么错误？优秀的教师又具备哪些好的前提条件？

或许你耗尽一生，也无法完整地回答这些问题，然而这些都是重要的问题。所有的教师都回答过这些问题，只是答案不够明确。你有一定的观察和判断。做教师一段时间后，你会发现，学生开口说几个字，你就知道他接下来要说什么。但是，如果你问自己怎么有了这本事，你也不知道。有了不错的前提条件，系统就能自动运行。你有了发现，但你没有停下来考虑其中更为深远的意义，你意识到了自己在提升的事实，但还没有将其转变成自我意识，你没有监控自己的进步。

要将自己的进步转变为自我意识。你会发现很多东西，不断地激发自己的思维。比如，你在某些学生身上观察到了某些现象，判断不当，解读就会不当，"我看到学生打哈欠，我肯定是让他们厌倦了，所以我应该长话短说"。下一次你也许会"本能"地讲得清楚一些，讲得有趣一些，但这样就走不远。很不幸，很多人的成长也就到这个限度。

更好的方式是去甄别问题，提出更为深入的问题："如果是我不对，是我讲得太久了吗？为什么会这样呢？"你也许会说，因为班上的学生进度慢，但我不知道讲到什么程度最合适，所以讲过头了。我怎么才能更好地判断他们理解力的水平呢？还有，我注意到，有时他们有兴趣，有时他们又没兴趣。他们是否有正确的前提条件？是什么推动他们学习？如果我找到了他们感兴趣的东西，是不是就能发现大多数学生的本质想法了呢？

每个问题都需要思考，也许思考起来并不是特别困难。但你是老师，你更多的是在观察，而没有去甄别。你应该不断地从更广的角度问自己问题，比如，你不再问"我下一节课怎么讲",而是问"我打算用什么样的原则来进行下一节课的教学"。这样,你给自己设定的前提条件就更靠近本质,你就能从具体的事件中提取更广泛的原则。如此,课堂上每个小事件都能给你新的点子。成绩不好的学生提出傻问题,可能会让你在教学法上有重大的发现。想一想他为什么会这样:也许他是在显摆,也许他精神有问题,也许他就是傻,或者他不是你班上的学生。无论原因是什么,你都能从最无意义的事情上有所收获。同样,如果课堂上遇到好事,不要想"我终于有了一个好学生,但我只教这一学期",你应该找一找自己喜欢这个学生学习表现的原因,是否可以把这一点传递给其他的学生,等等。这样,不仅你能够做得更好,而且每个问题都足以成为一篇有趣的文章。

这就是如何把更为广泛的抽象概念应用于自己的生活,应用于写文章和书。本质上,这就是如何让思维状态变得主动和活跃,如何自动获取各种点子的方法。所有的思维活动似乎都是自动完成的,但最开始都是**有意识**的行为,找点子这一过程也是如此。一旦调整好潜意识,它就会出乎意料地给你点子,似乎是脑子里自然而然就有了这些点子。但这里,我要再次提到《如何创造性地思考》这本书中的金句:"我对某些题材感兴趣,就留心与此相关的事件、趋势、声明或理论，我想理解它们，并对它们做出评价。"就这样做，你的思维方式就能让你真正变得有创造力和高产。

我想讲一件让我印象深刻的事情，以此总结这门课。这件事与主动型心理-认识论与顺应型心理-认识论的区别密切相关，涉及人们如何学习新知识这个问题。

第一次做编剧时，我对如何写剧本是有一些了解的，但我不知道具体的术语。当时，我到华纳兄弟的公司，要拍的电影是《源头》。我向他们要脚本，他们就给了我一份。他们还给我配了一位秘书，给我提供了我需要的帮助。我只是看脚本，就琢磨出了"特写""渐隐""淡出"等词是什么意思。

现在，镜头淡出，我们来到了几年之后。我在派拉蒙的哈尔·沃利斯出品公司工作。

沃利斯买下了一个原创故事。故事精彩，对话机智。但他告诉我，编剧让他很失望（这位编剧就是这个故事的作者），故事不错，但剧本一团糟。他请我来看看。

我看了，不明白这剧本是怎么回事。不需要近镜头的地方，有近镜头；只有一个人在房间里，却有远景镜头；等等。这些技术指示与故事的情节完全不符。我问这位编剧，他如何决定什么时候需要什么指示。他说，之前要了一份脚本，他看了看是怎么做的，**然后就完全照做了**。那份脚本开头是近镜头，他就以近镜头开篇。如果两页之后有远景镜头，那就在两页之后安放远景镜头，等等。我不得不大量改动，重写了几组镜头，最后，我部分的贡献也得到了承认。

这件事让我很感慨。我第一次做编剧，也要了一份脚本样本。但是，我寻找的是抽象的框架，我知道要把这个框架融合到我自己的故事中。他却照搬了样本的框架。他就是所谓的循规蹈矩者。他根本没有问，为什么在某个地方会有某个技术指示。他没有看到使用近镜头、远镜头和渐隐都遵循了一定的模式。他只是盲目教条地照搬了样本。

虽然他那个故事不错，事业有了喜人的开端，但我认为他以后什么都写不出来。

不要认为这位作者是犯下这种错误的第一人。古典学派的人在文学上也犯下了同样的错误。他们认为，要写出优秀的戏剧，就要仿效古希腊悲剧之类的作品，于是他们从中归纳出一套规定：优秀的戏剧必须有多少幕，多少人物，等等。此处，本质的错误是拘泥于具体事物，而其前提是：已经有人知道剧本或戏剧该怎么写，所以其他人就不需要去了解。正是因为对其他人的依赖，才有了这样的错误。

在心理-认识论方面，需要记住的是：你必须独立思考。在某些情况下，你也许找不到任何具体的指导，哲学方面的指导没有，其他的也没有，你就是要独自去学习新东西。面对崭新的问题，要有创新的精神，你必须从本质的角度去解决这个问题。这就是为什么我强调原则。绝对不要想当然地认为，自己必须一丝不苟地执行别人给出的引导建议。绝对不要想当然地认为，具体事物是指导你的绝对标准。具体的事物只是具体的事物。

当然，我之前（在第四章）也说过，所有的现实都是具体的。世上就没有抽象概念这种东西的存在。但是，抽象概念是人类对具体事物进行分类、整合和甄别的方法。因此，你只要在解决问题，就要问一问自己是否受到了具体事物的束缚。退后一步，看一看问题的本质。如果你研究的是一个给定的具体事物，无论是剧本、事件、新闻故事或人，一定要从具体事物中抽象出应用更广泛的概念。这是学习的唯一方法，也是独立的唯一方法。

如何进行抽象？我的故事就是一个很好的例子。充分利用这一课程所学的东西，但不要把它们当作一成不变的规定。它们是抽象的原则，用于独立思考以解决具体的问题。

用我的方法，你就有了未来成为作者的最佳前提。循规蹈矩的方法？不要用。

附　录　安·兰德文章大纲精选

编者按：讲授这门课的过程中，安·兰德把自己的文章交给学生，请他们列出文章的大纲，其目的是提高学生创建大纲的技巧。然后，她又拿出之前写这些文章的大纲，让大家进行对比。因为都是随意的讨论，我无法把讨论的内容放在此书中。第五章里有安·兰德的文章《人生不需要妥协吗？》和她的讨论。下面是部分其他作品的大纲。

《以作安抚的利他主义》(见于《理智的声音：客观主义思想的文章》)

题材：知识分子接受利他主义背后的心理动机。

主题：这些动机的害处和破坏性。

1. 年轻学生来信，讲述了大学自由主义者的动机。一位著名历史学家所说过的话。（这些定下了文章的题材。）

2. 从孩提到大学时期，一个聪慧男生的心理模式。他潜意识地接受了利他主义，以此作为交换，得到"允许"，从知识分子的角度来思考。

3. 结果：恶意的世界。例子：年轻的科学家，年老的商人。这些观点的心理意义和来源。必然的症状：精英前提。

4. 政治上的后果。自由主义者对威权的同情。保守派想要通过情绪而非理智来诉求于民。两者都相信威权的实用性。

5. 道德上的恶果。人们相信，某样东西越邪恶，就越是强大。想要讨好邪恶、诋毁善的本质。

6. 现代艺术领域道德绥靖者的影响力。

7. 道德绥靖者价值观的逐渐腐蚀作用。最终会反智。

8. 普通人的本质和命运。知识分子应该走什么样的道路。

《美国被迫害的少数人：大生意》（见于《资本主义：未知的理想》）

题材：反垄断。

主题：反垄断的道德和政治弊端。

1. 介绍。讲解垄断的道德心理状态和含义。这是反垄断法律之下商人的立场。

2. 反垄断法的来源。现在的情况、矛盾之处和非客观性。

3. 数个简短的例子，展示趋势的恶化。

4. 真正的含义：处罚能力。

5. 反垄断，谁受益？不合格的商人和渴望权力的官僚，他们的工具是使用恐惧。

6. 通用电气的案例。结果：手段控制。

7. 建议：重新审视，并且最终废除反垄断。商人，自由的代表。

《出于恐吓的辩论》（见于《自私的美德》）

题材：甄别新的逻辑谬论：出于恐吓的辩论。

主题：这种辩论的道德弊端。

1. 描述并且定义出于恐吓的辩论。

2. 这种辩论的心理学基础：依附于道德上的自我怀疑。《皇帝的新装》，基本模式的例子。

3. 现今，公共生活和私人生活中这种辩论的例子。

4. 这种辩论成功的原因：神秘主义和社会形而上学。

5. 大学课堂和政治方面的例子。

6. 对抗这种辩论的武器：道德上的肯定。在知识问题上，正确及错误地使用道德判断。

7. 正确的态度：引用帕特里克·亨利[①]。

《盗版浪漫主义》（见于《浪漫主义宣言》，大纲是这篇文章最初版本的，见《客观主义者通讯》1965 年 1 月）

题材：幽默的侦探故事。

主题：辩护浪漫主义的道德弊端。

1. 通常而言，艺术与某种文化的关系。

2. 现在的艺术中涌现出来的人类合成画像。这种艺术的心理-认识论动机造成了对堕落的崇拜。

3. 廉价的惊悚小说在道德方面更为低俗。把惊悚小说描述成浪漫主义早期的形态和残留物。

4. 幽默的含义。道德怯懦的两种类型。

5. 幽默惊悚片嘲笑的是价值观和人类作为英雄的形象。它们是为文学的低劣学派辩护。

6. 斯皮兰和弗莱明的流行，说明人们需要浪漫主义和英雄。

7. 大众和知识精英之间的巨大区别。例子：《复仇者

① 帕特里克·亨利（1736—1799），美国革命家、演说家。

联盟》。

8. 分析电影《秘密特工》。

9. "007系列"电影制片人的动机和表现。麦鲍姆访谈的不道德性。

10. 惊悚片反对者自然主义论证的非相关性。

11. 惊悚片和惊悚片中英雄的真正心理学意义。与自然主义相比较。例子：电影《君子好逑》。

12. 盗版的道德过失。

《艺术的心理-认识论》(见于《浪漫主义宣言》)

题材：艺术。

主题：定义艺术的本质、目的和来源。

1. 介绍：艺术的认知定位。艺术屈服于神秘主义。

2. 艺术回应了人类意识的某个需要。要理解这一点，我们必须知道概念的本质，还有认知抽象概念和标准抽象概念的本质。

3. 形而上学的价值判断。形而上学基础的需要，以及它在心理-认识论方面的困难。这是艺术的领域。

4. 艺术的定义。艺术的心理-认识论功能。（说明：艺术和宗教。）

5. 这一过程的例子:《巴比特》[①]。

6. 艺术和道德:具体化标准抽象概念的必要。例子:罗克。

7. 提及艺术的说教价值和文字转录。浪漫主义和自然主义。

8. 艺术的存在主义后果:例子:希腊和中世纪。

9. 介绍深入讨论的必要,比如生命感。

---

① 《巴比特》是一部反映美国商业文化繁盛时期城市商人生活的小说。（译者注）

图书在版编目（CIP）数据

安·兰德的非虚构写作课 / (美) 安·兰德著；熊
亭玉译. -- 北京：九州出版社, 2023.3
ISBN 978-7-5225-1663-9

Ⅰ.①安… Ⅱ.①安… ②熊… Ⅲ.①文学创作方法
Ⅳ.①I04

中国国家版本馆CIP数据核字(2023)第042406号

THE ART OF NONFICTION: A Guide for Writers and Readers
By Ayn Rand and Edited by Robert Mayhew
Copyright © Estate of Ayn Rand, 2001
Published by arrangement with Curtis Brown Ltd.
Through Bardon-Chinese Media Agency
ALL RIGHTS RESERVED

著作权合同登记号：01-2024-0311

安·兰德的非虚构写作课

作　　者	〔美〕安·兰德　著　熊亭玉　译	
责任编辑	周　春	
出版发行	九州出版社	
地　　址	北京市西城区阜外大街甲35号（100037）	
发行电话	（010）68992190/3/5/6	
网　　址	www.jiuzhoupress.com	
印　　刷	天津中印联印务有限公司	
开　　本	889毫米×1194毫米　　32开	
印　　张	8.375	
字　　数	146千字	
版　　次	2023年3月第1版	
印　　次	2024年5月第1次印刷	
书　　号	ISBN 978-7-5225-1663-9	
定　　价	56.00元